NORMAND BEAUPRÉ

MADAME ATHANASE T. BRINDAMOUR,
raconteuse

Histoires et folleries

Llumina
Press

Requests for permission to make copies of any part of this work should be mailed to Permissions Department, Llumina Press, 7101 W. Commercial Blvd., Ste. 4E, Tamarac, FL 33319

ISBN: 978-1-60594-838-6 (PB)

Printed in the United States of America by Llumina Press

Library of Congress Control Number: 2011918667

Autres livres de l'auteur

1. *L'Enclume et le couteau, the Life and Works of Adelard Coté, Folk Artist* , NMDC,   Manchester, N.H., 1982. Reprint by Llumina Press, Coral Springs, FL, 2007.

2. *Le Petit Mangeur de Fleurs,* Éd. JCL, Chicoutimi, Québec, 1999.

3. *Lumineau,* Éd. JCL, Chicoutimi, Québec, 2002.

4. *Marginal Enemies,* Llumina Press, Coral Springs, FL, 2004.

5. *Deux Femmes,Deux Rêves,* Llumina Press, Coral Springs, FL, 2005.

6. *La Souillonne, Monologue sur scène,* Llumina Press, Coral Springs, FL, 2006.

7. *Before All Dignity Is Lost,* Llumina Press, Coral Springs, FL, 2006.

8. *Trails Within, Meditations on the Walking Trails at the Ghost Ranch in Abiquiu, New Mexico,* Llumina Press, Coral Springs, FL, 2007.

9. *La Souillonne deusse,* Llumina Press, Coral Springs, FL, 2008.

10. *The Boy With the Blue Cap---Van Gogh in Arles,* Llumina Press, Coral Springs, FL, 2008.

11. *Voix Francophones de chez nous---contes et histoires* par Normand Beaupré et autres, Llumina Press,Coral Springs, FL, 2009.

12. *La Souillonne, Dramatic Monologue*, translated from the French by the author, Llumina Press, Coral Springs, FL, 2009.

13. *The Man With the Easel of Horn---the Life and Works of ÉMILE FRIANT*, Llumina Press, Coral Springs, FL, 2010.

14. *The Little Eater of Bleeding Hearts*, translated from the French, *Le Petit Mangeur de Fleurs*, Lumina Press, Coral Springs, FL, 2010.

15. *Simplicity in the Life of the Gospels*, Spiritual reflections, Lumina Press, Coral Springs, FL, 2011.

Pour Louise Péloquin Faré, fidèle amie, qui, de longue date, s'est intéressée à mes oeuvres, et m'a bien porté secours lorsque j'en avais de besoin. Elle vit avec coeur et courage la culture francophone dans son coin de Paris et de la Nouvelle-Angleterre.

MADAME ATHANASE T. BRINDAMOUR,
raconteuse

Histoires et folleries

AVIS AU LECTEUR

J'ai inventé le personnage de la Souillonne dans mon premier roman en français, "Le Petit Mangeur de Fleurs." Ensuite, je l'ai repris pour une oeuvre totalement en dialecte franco-américain dans "La Souillonne, Monologue sur scène." Comme suite au premier monologue, j'ai écrit "La Souillonne deusse." Ce personnage qui renferme une bonne partie de ce que j'ai pu observer à propos de la femme franco-américaine dans ma vie est un témoignage vivant et vivace. Il fait partie intégrante de la femme du peuple chez nous comme je l'ai connue alors que je grandissais dans mon coin francophone de la Nouvelle-Angleterre. Même aujourd'hui, je puise de cette source culturelle afin de me remémorer la femme franco-américaine. Je dois admettre que la Souillonne fait partie non seulement de ma vie, mais elle a vraiment touché la vie de ceux et celles qui ont connu la Souillonne soit par la lecture soit par le rôle joué sur scène par Marie Cormier. Femmes et hommes se reconnaissent dans le personnage de la Souillonne. Elle est devenue mon ancre littéraire qui me donne l'espoir qu'un jour elle aura devenue "classique." C'est une oeuvre basée sur le dialecte franco-américain qui est le mien. Comme je l'ai déjà dit ailleurs à plusieurs reprises, ce monologue

1

et sa suite regagne sa pleine vivacité lorsqu'il est lu à haute voix, ou mieux même, lorsqu'il est joué sur scène comme l'a fait Marie Cormier, excellente comédienne pour interpréter le rôle de la Souillonne. Je lui ai déjà dit qu'elle était devenue, à mon avis, la personnification de la Souillonne dans ce rôle. Je suis convaincu que le son des mots dans la lecture orale répètent plus fidèlement les sons que j'avais dans ma tête lorsque j'écrivais le monologue. Souvent, je tentais de faire résonner le son exact pour en produire la graphie, afin que le lecteur puisse capter ce son dans sa propre lecture. C'est la magie créatrice de l'oralité qui anime l'oeuvre, telle la Souillonne.

C'est alors que je viens ajouter au personnage de la Souillonne un autre personnage basé sur mes connaissances de la francophonie en Nouvelle-Angleterre, celui de Madame Athanase T.Brindamour, la raconteuse. Je suis moi-même raconteur à ma façon d'écrire des romans et inventer des contes. J'aime bien inventer et raconter. C'est le sang de ma vie littéraire. C'est lui qui coule dans mes veines avec lequel j'écris comme un auteur écrit avec de l'encre. Je crois fermement que raconter des histoires est un des gestes les plus humains. Et puis, j'ai tellement joui d'écrire "La Souillonne" que je me suis dit qu'elle n'aura jamais de fin. J'aime écrire en dialecte car il fait partie de mon coeur et de mon âme. Il est gravé là comme une inscription permanente qui me rappelle que mes souches culturelles sont inéffaçables. C'est lui, notre dialecte, qui a formé mon avoir de communication tout en grandissant dans mon petit coin du pays où les pépéres et les méméres peuplaient les voisinages. Ils nous ont légué leur langue et leurs moeurs. C'était leur trésor que nous méconnaissions dans ce temps-là. Plusieurs d'entre nous nous n'en voulions pas de ce que nous considérions alors notre tare culturelle. Du moins, c'est comme ça que nous la reconnaissions. Mais, plus tard dans la vie alors que certains d'entre nous nous avions pu reculer de nos propres bêtises culturelles, sinon nos préjugés, nous nous sommes mis à mieux connaître et mieux apprécier notre langue à nous. Le dialecte franco-américain est aussi celui de nos ancêtres canadiens français, et c'est alors que nous, Franco-Américains, nous partageons la culture québécoise ainsi qu'acadienne. Nous avons les mêmes chansons, les mêmes contes, les mêmes blagues, les mêmes paroles grivoises, et les mêmes sacres et blasphèmes. Surtout, nous avons la cadence du parler français quoique nos mots et notre accent ne soient pas tous pareils. Tout cela fait partie de notre avoir culturel. Il y en a qui rejette cet avoir, toute alliance avec le passé, et tout ce qui fait parfois frémir les inflexibles et les puristes, car ils ont peur de se salir avec la crasse du passé, un passé qui leur fait honte. Ils ne savent pas que cette crasse, comme ils la perçoivent, c'est le trésor de nos biens en héritage. C'est l'authentique, et ce qui est au fond, le vrai dans nos vies, car nous ne pouvons pas l'effacer ni le supprimer quoi qu'en soit l'effort de l'écraser net. Soit que nous l'acceptions, soit que nous le rejetions, il va demeurer aussi longtemps que la race des Franco-Américains survivra. Personne ne peut s'en débarrasser totalement. Grâce à Dieu et à mon éveil culturel, j'ai pris cet avoir et j'en ai fait de l'or, comme le dit Charles Baudelaire dans sa poésie: "Tu m'as donné de ta boue et j'en ai fait de l'or." Lui parlait de Paris et moi je parle des voisinages des Petits Canadas en Nouvelle-Angleterre.

Avec le personnage de Madame Athanase T. Brindamour, je n'ai pas voulu le restreindre à une seule dimension, pour ainsi dire, car j'ai ajouté à ce personnage celui de son mari, Athanase. Je m'étais dit, un jour, je dois aussi écrire dans le dialecte du point de vue d'un homme. Athanase, lui aussi, est raconteur, mais à sa façon à lui. Il n'est pas le raconteur à voix élevée et perçante synchronisée avec les mains et les bras gesticulants. Non, c'est un homme simple et humble dans ses dispositions. Il ne veut s'attirer à lui-même ni la fanfare des compliments ni la désapprobation de ceux qui veulent l'ignorer. Il jouit de la satisfaction d'avoir rempli son rôle d'époux bienveillant et de père qui accomplit son devoir tous les jours en allant travailler au moulin. Le moulin, la fameuse filature de la Nouvelle-Angleterre, que nos gens ont si bien connue, demeure le clou des "jobs" de nos ancêtres en Nouvelle-Angleterre. Le gagne-pain, malgré la misère et les demandes hargneuses du métier, veut bien s'accommoder à la vie quotidienne du travail tout en s'accordant, de temps en temps, le soulagement d'un peu de plaisir. Comme dit la chanson, "Un petit plaisir par-ci par-là......."Les gens, tel Athanase, trouvaient leur petit plaisir dans les chansons à répondre ou dans les histoires logées dans leur mémoire collective, alors qu'il y avait une veillée ou un petit groupement en famille. Athanase aime bien les soirées en famille. Là, il prend son p'tit coup et on peut apercevoir l'ébauche d'un sourire naissant sur ses lèvres alors que son regard brille comme si on lui avait mis le feu aux yeux. Il n'aime pas se faire le centre des activités, mais il chérit les moments qu'on lui accorde pour raconter ses histoires. Sa femme, elle, adore être le pivot de toute activité que ce soit une danse, une veillée chez les voisins, ou une rencontre organisée par ses amis. Elle en a des amis, des tas d'amis comme une reine abeille qui jouit de la sollicitude diligente des abeilles. Elle, c'est l'estime bourdonnante des femmes qui la suivent presque partout. Solfège Desruisseaux Brindamour adore être le centre d'un groupement pour une veillée lorsqu'elle se met à raconter ses histoires, et ce que les autres parfois appellent ses "folleries." Par contre, son mari, Athanase, appelé Ti-Nase, n'en veut pas de ce faux respect qui frise la moquerie. Athanase, c'est Athanase et personne ne pourrait le changer et d'idées et de gestes. Il est fait comme ça.

C'est alors que je poursuis les porte-parole du dialecte franco-américain telle la Souillonne, et maintenant Madame Athanase T. Brindamour, raconteuse, ainsi que Ti-Nase, son époux raconteur. L'être humain est fondamentalement raconteur. Cela fait partie de son existence de communicateur. Il invente, il imagine, il crée. C'est pour cela que j'ai donc basé mes trois oeuvres en dialecte sur la raconteuse/le raconteur. Gérard Robichaud, feu auteur franco-américain, un jour, dit à Robert Perreault, lui-même écrivain de chez nous, qu'il trouvait que le monologue sur scène de la Souillonne était de l'humour franco-américain authentique. Et bien, je remercie Monsieur Robichaud de ses bonnes paroles envers mon oeuvre et je lui voue tout l'humour que je puisse tirer de notre collectivité culturelle, tout en portant la main à mon chapeau pour saluer tous ceux qui se réjouissent de ma Souillonne. Elle en a fait rire des gens qui se reconnaissent dans la Souillonne ou qu'ils peuvent avouer qu'ils ont fait l'expérience de la Souillonne dans leur passé à eux. La Souillonne touche le coeur et ramène au lecteur des souvenirs d'une vie marquée de l'influence d'une culture vécue, dite du peuple. Il y en a qui l'accuseront de nostalgie et d'autres qui riront d'elle et non avec elle. Quoiqu'il en soit, la Souillonne demeure, pour moi, un des accomplissements les plus marquants de mon oeuvre littéraire. Madame Athanase T. Brindamour vient donc ajouter à ce répertoire de raconteurs que j'ai tenté de définir par mes écrits en dialecte.

1.

Qui chus et qui les autres disent que chus

Je m'appelle Madame Athanase T. Brindamour. C'est comme ça que les gens qui savent ben ben parler des choses comme y faut, me nomment. Comme Monsieur l'curé Rivard. Madame, parce que chus mariée, Athanase, parce que c'est le nom de mon mari; les femmes mariées doivent porter les deux noms de leurs maris, on m'dit. Le T, c'est pour Thurifer, le deuxième nom de mon mari: Athanase Thurifer. Pensez-y, un nom pour coucher dehors. Où on-t-y ben pêché ça? Lui, mon mari, Ti-Nase, dit que c'est sa grand-tante qui a voulu ça. La tante Démerise du Canada. On pêchait toutes sortes de noms au Canada dans c'temps-là. Je n'sais même pas si c'est un nom de saint ou non. Imaginez-vous, donner Thurifer comme nom. C'est plaquer l'enfant d'un tiquette de déshonneur, qués'ment. Assez pour faire rire de lui toute sa vie. Ma belle-mére m'a expliqué un jour que Thurifer, ça veut dire, que'qu'un qui porte l'encens dans les cérémonies de l'église. Un porte-encens. Y' a jamais porté l'encens de sa vie, mon mari. Pas Ti-Nase, jamais d'la vie. Y'é trop ignorant pour aller s'flanquer en avant avec toutes ces cérémonies de pape. Pas lui. Y'é doux comme un agneau et *slow* comme une vache. Le voué-tu en avant avec les prêtres, gauche comme y yé. Ouais, y mettrait l'feu dans toute avec son thurifer d'encens. Y'a des briques allumées là-d'dans. Pauvre Ti-Nase, pauvre lui, trop sans-dessein pour lever les pattes comme y faut et trop gauche pour faire quoi qu'ce soit. Mais, je l'aime comme ça, doux et sans paroles à r'noter. Y r'note jamais, mon Ti-Nase.

Mon vrai nom c'est Solfège Desruisseaux. Solfège, c'est un nom rare pour une fille. C'est parce que ma mére aimait la musique et a l'a adopté ce tarme de musique pour me nommer. L'curé pensait que c'était bizarre (c'est comme ça il l'a mis), mais maman a insisté qu'on m'appelle Solfège. Marie Solfège Desruisseaux de Manchester, New Hampshire, de la paroisse Saint-Augustin. J'ai grandi ben comme les autres enfants dans une famille de douze, huit filles et quatre garçons. Y'en avait du chamaillage et du défrichage de qui appartient quoi chez nous, mais on s'arrangeait malgré la chamaille. Ma mére nous gardait propre et ben polis devant l'monde. Oui, ses enfants, polis comme des p'tits princes, a disait, ben él'vés et jamais fantasses devant les autres. Mon pére, lui, s'occupait très peu de nous autres. Il gagnait la vie au moulin et y donnait sa paye à ma mére à tous les vendredis. Fidèle comme le tic-tac de la vieille horloge à mémére Desruisseaux. S'il arrivait que mon pére gardait un peu d'argent qu'y gagnait à jouer aux cartes, ma mére y arrachait aussi vite le peu d'argent qu'y déclarait à ma mére. Y s'en foutait ben parce qu'y savait qu'a en avait d'besoin pour acheter des chaussures aux enfants pour l'école. On portait souvent des souliers r'tappés, mais ça dure jusqu'à un certain point, le r'tappage. Ça vient qu'à s'déchirer. Le cuir n'en peut p'us. Ouais, des souliers r'tappés, des robes racc'modées, des culottes usées au fessier, et des ch'mises rapiécées par ma mére qui avait l'oeil clair et l'aiguille habile. On s'en foutait ben parce que toutes les autres étaient pareils à nous autres. Toutes des crève-faim. J'devrais pas dire ça parce qu'on crevait pas d'faim chez nous. On était pauvre mais on mangeait ben. Pis on donnait à la quête du dimanche en plusse de la place de banc que mon pére plaçait dans l'panier, 25 cennes. Moé, j'aurais voulu donner la cenne que ma mére donnait à un de nous autres chaque dimanche pour nous accoutumer à donner au Bon Dieu, a disait. Avec douze enfants, j'la donnais seulement à toutes les douze dimanches. Une fois à toutes les trois mois. Asteure, les temps ont changé, pis on donne ce qu'on a de surplus. Y'en a pas ben ben de surplus, alors ça vient à la cenne encore.

J'ai grandi comme les autres et j'ai été à l'école des soeurs jusqu'au sixième grade parce que maman avait d'besoin d'moé pour garder les plus jeunes lorsqu'elle allait travailler dans la landrie. Avait d'besoin de travailler et gagner d'l'argent parce la paye de mon pére ne suffisait p'us, a disait. A suffisait p'us tout comme les robes des filles ne suffisaient p'us parce qu'elles étaient trop courtes ou trop *tight* alentour des hanches. On pouvait pas mettre des robes échéancrées, vous savez. Toutes tirées de travers avec des poches icitte et là. Parfois, les coutures éclataient tellement y'étaient *tight*. "Déchire-moé pas les coutures," maman me disait, "parce que j'pourrai pas les r'coudre. Tu dois avoir mangé trop ces darniers mois, parce qu'on voit les bourlats icitte et là." "Voyons don', 'man," j'y répondais, "c'est à force de grandir que les robes rap'tissent." "Ben, y va faulloir t'en coudre une autre avec des poches de grain. Du beau coton avec des p'tites fleurs." J'y répondais que j'en voulais pas de robes de *farmer*; j'voulais une robe ach'tée au store comme les autres. "Ben, trouve-moé d'l'argent pis j't'en achèt'rai une," a m'répondait. C'était la même chose pour les gars, excepté c'était des culottes et des ch'mises. "Ménagez vos habits propres," disait ma mére à ses gars. "Déchangez-vous à temps et vouz aurez les mêmes habits pour longtemps." "Ouais," grognait Saül, le plus vieux, "a voudrait qu'on porte nos habits jusqu'à ce que nos culottes deviennent des *high-water pants*." "Viens pas répondre à ta mére comme ça," a lui disait, "fais pas ton polisson devant moé parce que j'vais te flanquer une claque par la tête, p'tit Jean Lévesque." Malgré les p'tits chamaillages, on aimait toutes maman parce qu'a faisait de son mieux pour nous prendre soin. Toute ce qu'a faisait, a le faisait de bon coeur. Jamais à contrecoeur. A s'fâchait jamais, ma mére. Ètait pas toujours contente, mais a s'fâchait jamais. Jamais fâchée nouère. Excepté la fois que mon frére, Thaddée, lui avait volé d'l'argent. Y l'avait pris de sa sacoche quand a faisait son ordinaire dans maison, le jeudi matin. Maudit pas fin, y'avait laissé la sacoche grande ouvarte, et pis y'était parti par la porte d'en arriére. Quand a l'a entendu la porte claquer, a s'est soupçonnée que que'que chose s'était passée. A l'a ben vu, Thaddée, à travers du rideau d'la cuisine, se dépêcher par en arriére, les jambes y flaquaient contre les cuisses. A savait qui s'passait que'que chose de louche. Ça, c'était son mot à elle, louche. Louche parce que c'était pas ordinaire, non, c'était que'que chose de croche. A ben vu que c'était lui qui l'avait volé quand a s'est aperçue que la sacoche était grande ouvarte sur le litte. Ça, ça lui avait pué au nez. Comme d'la charogne, la charogne de vol en famille. J'vous dis que ça pas resté là. Thaddée en a entendu parler jusqu'au jour de ses noces. Ètait pas rancuneuse, ma mére, mais a détestait ceusses-là qui prenaient avantage des autres, surtout en famille. A disait à mon pére, "J'vais donner d'l'argent à n'importe qui si y'en ont d'besoin, mais qu'y viennent pas me l'arracher par le vol. Ça m'pue au nez." "Voyons, Manda," y lui disait, "c'est pas si pire que ça." "Viens pas m'dire que voler c'est pas grave, Trèfle." A l'appelait par son vrai nom de Trèfle quand elle était un peu fâchée, sans ça a l'app'lait Minou. Son nom sur le baptistaire c'était Trèfle. C'est son pére qui lui avait donné c'nom-là à cause de son pére à lui. Les Canadiens aimaient suivre la tradition, surtout la tradition de noms donnés aux enfants. En plusse des noms de saints, y'avait les noms des ancêtres. Et ben, ma mére haïssait les voleurs parce qu'ils prenaient le bien des autres et le bien des autres avait été gagné, a disait. Comme a détestait le vol! Assez pour s'en confesser.

Mon pére, lui, c'était Roger-bon-temps. Rien ne l'troublait. Y'aurait pu donner tout ce qui lui appartenait quand ben même y'appartenait pas grand chose: son butin, son p'tit couteau d'poche et sa grosse montre de poche qu'il appelait sa *railroad watch* que son grand-pére lui avait donnée. Faut pas oublier sa pipe, sa torguieuse de vieille pipe. Mon pére se contentait de peu de choses. Un peu d'amour de sa famille, un peu de tabac, un peu de biére ferrée et un peu de priéres icitte et là. C'pendant, mon pére n'aimait pas le trop peu de viande dans son assiette. Ma mére y disait que la viande s'faisait rare jusqu'à temps qu'on tuse un autre cochon. C'était un gros mangeux d'viande, surtout du lard. Y'en avait pris l'habitude au Canada sur la terre alors que son pépére à lui, Pépére Bourassa, faisait de grands jardins et gardait des poules et des cochons. Oh, la viande de cochon, le lard, comme on dit, du beau lard hâché pour des boulettes et surtout des tourquiéres. Des côtelettes de lard, un beau rôti de lard, des tranches de forçure de lard, d'la tête de cochon qu'on appelait la tête de fromage que maman faisait avec des épices, et pis les pattes de cochon dans d'la belle sauce brune faite avec d'la farine brûlée. Oui, le bon ragoût de pattes de cochon. La farine était pas vraiment brûlée. Était grillée d'un beau brun dans une grosse poêle en fer blanc. Ça c'était-tu bon, assez pour faire rire les affamés. Mon pére aimait les grosses tranches de lard grillées le matin pour le déjeuner avec des patates bouillies. Y prenait un gros déjeuner, mon pére. Y disait qu'y pouvait pas travailler au moulin sans avoir un bon déjeuner dans l'corps. C'était du travail dur, l'ouvrage du moulin. C'est c'qu'on racontait. Depu's qu'on était arrivé du Canada, mon pére travaillait au moulin. la Chicopee. Moé, j'connais pas trop trop ça les moulins parce j'ai jamais travaillé au moulin d'coton. On s'arrachait la vie là d'dans. Rarement les gens s'plaignaient, jamais mon pére. Nos Canayens faisaient ça pour gagner leur ciel s'a terre, et d'autres pour expier leurs péchés. C'est ça que les prêtres qui prêchaient les retraites leur disaient à chaque année. "Gagnez votre ciel en expiant vos péchés. Vous en avez tous. Le ciel s'gagne avec des sacrifices." Des sacrifices, des sacrifices. Faut crère que ces prêtres-là n'avaient jamais travaillé dans des moulins parce qu'y ne connaissaient pas l'ouvrage du moulin. Assez pour assommer une parsonne tellement l'ouvrage était dur. Surtout endurer la poussiére et l'humidité qui passent à travers le butin et donnent la démangeaison pour ceusses-là qui sont gras. Pitié pour eux autres aussi surtout pour les grosses femmes qui sont échauffées. Y doivent sortir du moulin les cuissses rouges et les fesses amorties. C'est la Tardif du *west side* qui ma toute raconté à propos des moulins. A l'a travaillé là d'dans pendant des années. Pour les hommes, c'est le cas des garlots toutes trempes qui piquent dans leurs culottes à n'en p'us finir. Y s'grattent pis y s'grattent, mais ça pique quand même. Y s'poignent la poche par en avant et tentent de mettre fin à c'ta démangeaison mais, que voulez-vous, ça pique. Oui, des sacrifices. Travailler dans les moulins, c'est pas des sacrifices, c'est une vraie punition du bon Dieu. On disait ça, que la race était punie parce qu'a voulait pas admettre qu'avait péché en partant du Canada. C'est ça que disaient ceusses qui les voyaient partir. Que voulez-vous qui fasse c'te monde-là? Crever d'faim? Moé, j'pense que ceusses qui chialaient contre ceusses qui partaient, eux-autres étaient jaloux de pas faire la même chose. C'est ça que j'pense. Mais que voulez-vous, chus pas une parsonne savante et ce que j'pense, c'est pas important.

Moé, j'ai travaillé dans les *shoe shops* pendant vingt-deux ans. C'était du bon travail les *shoe shops*. C'est là que j'ai rencontré des amies, les amies de'la *shoe shop*: Rosa Demers, Maybelle Poissant, Angèle Fecteau, Éva Dubreuil, et la grosse torche à la Francoeur. On l'appelait comme ça parce qu'était grosse, grosse comme un cor de patates. Ètait un peu toquée et un peu méprisable avec son air de boss de bécosse itou. Mais, ètait généreuse envers tout l'monde. Avait l'tour de s'faire aimer malgré ses p'tites fautes. On la prenait pas de travers, pis elle n'en voulait pas à parsonne. Pis, a savait chanter. Une belle voix aussi. A n'en savait des chansons. Avait des cahiers pis des cahiers de chansons qu'avait apportés avec elle du Canada. J'la haïssais pas la Francoeur. C'est seulement ses maniéres de *farmer* du Canada que j'avais d'la misére à supporter. Vous savez de ce que j'parle là, les ch'feux en tignasse, les têtons pendants, la peau rugueuse, les ongles sales, les doigts crevassés, les coudes galeux, et le butin mal lavé et pas r'passé ou r'passé à la hâte. Ça, c'était la Francoeur. Ètait pas la seule, mais ètait celle qu'on connaissait de proche. Un jour, a nous a dit que son premier nom était Évangéline. Un nom acadien tout comme l'Évangéline de la chanson. Sa mére venait de l'Acadie et son arriére-arriére-arriére-grand-mére était une de ceusses qu'on avait charriés hors du pays avec les autres lorsqu'ètait toute jeune. Expulsés, avait expliqué la Francoeur. Leur nom de famille était Daigle, et ils venaient d'en haut du Maine. Y'avaient encore d'la parenté en Acadie. À Pointe-de-l'Église. Mais les Angla's avaient changé le nom. C'était p'us l'Acadie mais *Nova Scotia*, la Nouvelle-Écosse, nous dit-elle. Là, j'ai compris que la Francoeur ètait pas si gnochonne que ça. Ses ancêtres avaient souffert aux mains des Angl'as, et pis les Acadiens s'étaient arrangés le mieux qu'y pouvaient, sans pays sans chez eux. Pauvres familles charriées comme des abandonnés au large. Maudites têtes de cochons, ces Angla's qui n'avaient pas d'coeur pantoute. Comme j'peux vouère, les Acadiens sont du monde *tough* à la misére. Y'en ont pris d'la marde! Toute c'que j'sais c'est que les Acadiens ont la mémoire longue parce qu'ils ne veulent pas oublier l'passé. Tant mieux pour eux-autres. Nous autres, on oublie trop, notre langue, notre histoire, notre savoir faire. Peut-être on n'a pas assez souffert comme les Acadiens. Pourtant on en prend un peu trop des maudits Irlanda's, ces têtes de pioches.

Chus pas trop trop dans la culture, vous saurez ben, mais j'la méprise pas par respect pour ceux qui nous l'ont donnée. Nous autres, on est d'une longue lignée de Français et on peut r'monter jusq'aux Français d'France. Moé, j'peux pas le faire, mais y en a qui peuvent, et ça s'appelle la généalogie. C'est un beau mot mais quant à moé, c'est simplement du r'montage dans l'passé. De famille en famille jusq'à ce qu'on trouve le premier des ancêtres en France. Lorraine Massé l'a faite et a découvert que sa famille venait à l'origine de la Normandie. De c't'a province-là en France ses ancêtres sont venus en gros bateau passant des mois sur la mer pour v'nir s'échouer au Canada. C'est tout près de Montréal qu'ils ont mis l'pied à terre. Quel voyage, surtout avec des enfants! Lorraine s'est jamais mariée. A passé toute son temps libre à chercher sa généalogie. C'est elle qui m'a appris ce tarme. Moé, j'l'a f'rai jamais ma généalogie parce ça prend trop d'temps et c'est du travail embêtant des fois quand on n'peux pas trouver les noms et les villages de nos aïeux. Quant à moé, c'est ni plus ni moins que du défrichage de famille comme le fait la parenté le dimanche après-midi. Là, y'en a du placotage.

En tout cas, chus Madame Athanase T. Brindamour, autrefois Solfège Desruisseaux. Chus v'nue au monde à Sainte-Catherine-de-Loiselle, un tout p'tit village qui est disparu asteure, et pis on a mouvé à Rutland au Vermont pour ensuite s'en aller dans l'Maine, tout près du New Hampshire. Après ça, on a l'vé les pattes et on s'est en allé à Newmarket où mon pére a commencé à travailler dans l'moulin. Après, c'était Manchester et le gros moulin, l'Amoskeag, pour mon pére et un autre changement d'école pour nous autres les enfants. Ma mére a dit à mon pére, c'est assez de mouver icitte et là, chus fatiquée de c'te changeage de littes et c'te mouvage de paroisse en paroisse. Moé, j'mets mon pied à terre et pis j'reste icitte pour de bon jusqu'à ce que j'l'ève les pattes et on m'enterre au cimetière Mont Calvaire. Mon pére à jamais r'parlé de mouver après ça. Des déplaceux, on étaient des déplaceux d'une place à l'autre. On a jamais pu s'placer jusqu'à ce qu'on s'trouve à Manchester sur la rue Franklin dans la paroisse Saint-Augustin. Maman a lâché un grand *phew*! pis a s'est écrapoutsie dans grosse chaise bourrée. J'avais treize ans dans c'temps-là. On a mouvé du Canada, j'avais onze ans. Ça veut dire qu'on a viraillé deux ans d'temps. J'm'en rappellerai toujours de ce constant va-et-vient. Ça m'faisait penser à des frémilles qui vont vite vite vite dans toutes les directions. Des fremilles sans potte à pisser. Ça, c'était nous autres. Une fois que 'man s'est mise à travailler à la landrie, ben j'ai lâché l'école des Saints-Anges quand ben même la Soeur Saint-Chrysostôme voulait me garder là parce qu'a disait que j'étais intelligente et j'apprenais vite. J'cré qu'a voulait que j'devienne soeur. Jamais d'la vie. Moé devenir soeur pis renfermée dans un couvent avec des capuches?

On les appelait les capuches parce qu'y portaient une sorte de bonnet sur la tête. Pas d'vouèle. J'étais ben trop attachée à ma mére pis à mon pére pour m'en aller *back* au Canada. Y'en a qui partait à quartorze ans avec leur trousseau pour s'rendre au couvent à Saint-Hyacinthe au Canada. Les parents ne les r'voyaient qu'après des années. C'est ça que m'a dit Rita Lantagne. Elle, y'est allée pis est sortie après deux jours. A pouvait pas sentir la directrice du couvent qui était toujours après elle. A pris son butin et pis a sorti pour prendre le train par elle-même. Avait caché d'l'argent dans ses culottes avec une épingle à *spring*.

J'ai aidé à ma mére jusqu'à ce que j'me marie. J'ai rencontré Athanase en ville dans l'*store* à beurre alors que j'faisais des commissions pour maman. J'l'ai trouvé gentil et ben smatte avec moé. Y m'faisait toujours d'la façon quand j'entrais dans l'*store, S.K. Ames.* Y'a appris que j'restais sur la rue Cartier et je marchais jusqu'en ville pour ach'ter du beurre pour maman. Nous autres on mangeait seulement c'te beurre-là, pas *d'margerine*. Ça goûtait rien qu'la graisse c'te faire-semblant de beurre-là. Comme défaite, un jour quand j'étais en ville, j'rencontre-tu pas Athanase qui se promenait seul sur le trottoir devant le *store* à dix cennes, Woolworth. Y m'a invitée d'aller prendre un verre de *coke* avec lui à fontaine de Woolworth. J'avais jamais été à la fontaine d'aucun *store* à dix cennes, pis j'en avais envie. J'vous dis que c'te *coke*-là goûtait bon. Et pis, j'n'ai même pas payé pour. C'est comme ça que j'ai commencé à sortir avec Athanase. Y'en a qui m'disaient qu'était lâche et un peu trop bête avec les filles, mais moé j'l'trouvais ben d'mon goût. Oh, y'était pas un bel homme, mais j'en voulais pas de *movie stars*, des gars qui ont une belle face mais qui sont vraiment bêtes quand tu leur parles. Y'ont pas de maniéres et encore moins de façon. Comme Ti-Louis Blanchette. Toutes les filles couraient après lui. Y'était pas si beau quand y'a mis en famille la Beauchesne s'a Townsend. Sa famille la envoyée à la Maison Saint-André à Biddeford pour avoir son bébé en cachette. Y'ont-tu parlé d'elle après ça. Ses parents avaient tellement honte qu'ils ont commencé à rester en d'dans avec les toelles farmées tout l'temps. Elle, Priscille Angèle, a s'appelait comme ça, est jamais r'venue à Manchester. Quant au beau fouette Blanchette, y'a continué à v'nir à l'école mais au boutte de temps, y'é rentré au moulin. Y travaillait le *shift* du soir comme si y voulait s'cacher. Y'a jamais monté à rien. Asteure, y ramasse des guénilles pour le vieux Zairlunger qui reste dans une dompe. Pauvre Ti-Louis, j'pense qu'y a pardu son ch'min après son affaire avec la Beauchesne.

Athanase me plaisait parce que j'pouvais avoir confiance en lui, et pis y'était fidèle à moé et à son devoir. J'savais qu'y me f'rait jamais honte. Pis, par dessus-le-marché y'aimait raconter des histoires. Ah, ça, ça m'allait ben. Ça fittait mes goûts, moé qui étais une raconteuse. Ma mére et mon pére l'aimaient mon Athanase parce qu'ils le trouvaient poli et gentil comme un prince, disait ma mére. C'est vrai qu'était un peu *slow* dans ses maniéres, et un tout p'tit peu épa's, comme le disait mon pére, mais les deux sont mis à l'endurer et même avec le temps, l'aimer parce qu'y était doux comme un agneau, disait ma mére. Ma mére aimait parler juste pour parler des fois, et a m'disait que j'aurais pu faire mieux et peut-être pire avec Athanase, mais qu'y'était pas un gars à deux faces. Faut s'contenter avec ce qu'on a, disait ma mére. Au moins Athanase était pas du bouillon réchauffé, a m'disait. A voulait dire qu'Athanase n'était pas marié auparavant. Du bouillon toute neu'. Après un an et d'mi de fréquentations, comme le disait Mémére D'Youville à propos des rencontres entre la jeunesse, on s'est décidé de s'marier. Maman en était aux anges alors que papa disait rien. Y disait jamais rien mon pére, excepté pour raconter ses histoires. C'est ma mére qui parlait pour lui la plupart du temps.

Et ben, on s'est marié dans l'église Sainte-Marie un beau samedi à sept heures du matin. Dans c'temps-là on s'mariait de bonne heure afin que Monsieur l'curé peuve avoir sa matinée à lui. Itou, on prenait le déjeuner des noces après, parce que tout l'monde avait faim. Ordinairement, on avait jeûné pour être capable d'aller communier. J'vous l'dis qu'on avait l'estomac creux. Mon Athanase m'disait qu'il avait hâte de manger une bouchée parce qu'il avait l'estomac dans l'fond de ses bottines. On a eu un bon déjeuner. C'est Lina Gariépy qui l'avait préparé avec des sandwichs à poule coupés en deux sur un angle, vraiment fancés, des concombres marinés, des olives, du café chaud, et, après, un morceau de *cake* de noces. Un beau gros *cake* blanc avec d'la *frosting,* et décoré avec des p'tites fleurs roses et des feuilles vartes. Sur le *top,* y'avait une p'tite mariée avec un p'tit marié sous une p'tite arche de fleurs en papier. J'ai gardé les p'tits mariés pendant longtemps jusqu'à ce qu'y ont commencé à jaunir. Pis, j'les ai j'tés. Y'était beau mon *cake* de noces. J'devrais dire notre *cake* parce qu'il appartenait à Athanase itou. Pour notre *honeymoon*, on est allé au Connecticut visiter d'la parenté qui nous avait invités d'aller les voir pour une escousse. Moé, j'avais une tante que j'aimais ben et a nous a r'çus les bras ouverts, Athanase et moé. Était fine, ma tante Rosée du Connecticut. C'était la soeur de papa. Athanase s'en foutait ben où on allait parce qu'y'avait pas trop d'argent, et on pouvait prendre sa machine à lui. Y disait qu'a prenait pas trop de gaz pour aller s'promener. Dans c'temps-là faullait faire attention à notre argent. On n'en avait pas trop trop. Juste assez pour s'mettre en marche comme des nouveaux mariés. Y faullait ach'ter notre ménage, trouver un loyer pas trop cher, pis ach'ter notre manger à toutes les s'maines. Ensuite, quand vient la famille, y faullait épargner, comme maman disait. Y faullait s'en sauver itou pour nos vieux jours, comme nous le disaient les vieux.

À part de ça, y faullait faire attention à notre santé parce que lorsque la maladie frappe, ça peut ruiner une famille. Ça peut coûter des pieds d'la tête, comme le disait mon pére. Lui a connu ça la maladie. Son pére à lui a été malade pendant des années, et y pouvait pas aller travailler et gagner la vie et faire vivre une famille. C'est sa femme, Madame Brindamour, et plus tard les enfants qui ont travaillé fort pour apporter à maison assez d'argent afin qu'y peuvent vivre un peu et pas crever. Pauvre Azilda, c'est comme ça qu'a s'appelait, Madame Brindamour, ma belle-mére. J'l'aimais ma belle-mére. Avait une belle façon tout l'temps. A n'as-tu eu d'la misére dans sa vie d'mariage, d'la misére nouère. Madame Pombriand itou, la voisine d'à côté les Mercier sur la Bridge, elle aussi a eu d'la misére avec un enfant maladif et un autre avec la paralysie enfantine. A s'donnait-tu d'la peine pour ses enfants-là, jour et nuite. Le docteur v'nait les voir à chaque s'maine (y'était don' bon l'Docteur Lévesque) et souvent y n'chargeait rien. A eu six enfants, Madame Pombriand, pis a les a toutes enterrés. Y sont morts pas trop vieux. Une est morte à seize ans. Un autre, un garçon, un beau jeune homme avec la face d'un ange, lui est mort à douze ans. Y s'appelait Gérard. Mon Dieu, ça doit-tu être dur enterrer son enfant. A disait que c'était la place des parents de mourir les premiers. Pas les enfants. Monsieur l'curé lui disait qu'on meure à tout âge. En tout cas, moé j'veux mourir avant mes enfants. La mort pis le deuil, j'veux pas en parler. La mort passe comme un gros nuage nouère et frappe n'importe qui à n'importe quel âge. Monsieur l'curé parlait l'autre jour de l'ange de la mort qui vient avec son gros couteau et pis qui frappe ceusses-là qui sont prêts ou pas. Ça doit être une épée comme Saint-Michel Archange a. Mais lui c'est pour tuer l'démon à ses pieds. C'est lui notre protecteur. Les images saintes disent ça. J'en ai des images saintes, en voulez-vous? J'en ai pour les fous et les fins. Ben, j'en ai depu's l'école et à toutes les retraites d'la paroisse à chaque année. Pis, ça c'est à part de ceusses-là que j'r'çois par la malle. Des annales itou, des annales d'la Bonne Sainte-Anne-de-Beaupré, Saint-Joseph de l'Oratoire avec le bon Frére André. Y vont l'faire un saint un jour, le Frére André. Y'é trop bon. On r'çoit don' toutes sortes de choses par la malle, des choses qu'on veut pas, et qu'on n'a pas d'mandées. Mon p'tit frére Antouène, lui, envoyait pour toutes sortes de choses. Y'entendait parler à la radio des bagues de magie, des boutons de Charlie Chaplin, des p'tits Charlie McCarthy, et des prix qu'une fois qu'on les r'cevait, c'était d'la junk. Quelles bagatelles de vaut rien. Antouène passait son temps à attendre le postillon pour d'la malle pour lui. Y'était souvent désappointé.

Moé, j'pardais pas mon temps avec ça. J'aimais mieux aller en ville pis r'garder les vitrines. J'avais pas d'argent, mais ça coûtait rien de r'garder. Moé pis Madeleine Bissonnette, on aimait marcher ensemble et r'garder les darnières modes. Parfois, on riait des robes fancées qui avaient d'l'air être démodées quant à nous autres. Des robes et des chapeaux du temps de ma grand-mére au Canada, on s'disait. Toutes ben plattes. Madeleine aimait la *jewelry*. Les colliers, les bagues, les bracelets, et les pen'd'oreilles. Quand sa mére la r'gardait pas, a s'mettait toutes sortes de bagues et de pendants qu'a trouvait dans la boîte à sa mére. Sa mére aimait ça la *jewelry*. Avait d'quoi à r'tenir Madeleine. Moé, j'trouvais ça trop fier-pet ces affaires-là. Vivre sans s'*dolly-up*. Moé, chus ben simple dans ma vie. Chus qui chus.

Chus Solfège Desruisseaux Brindamour(faut pas oublier mon nom d'fille). Chus la fille à Trèfle et Corinne Almanda Desruisseaux de Sainte-Catherine-de-Loiselle en passant par le Vermont, ensuite le Maine pour s'échouer dans l'New Hampshire, comme mon pére le disait. Ouais, échouer comme des choux dans un champ d'patates. "Échouer," où est-ce qu'y a pêché ça. Ça devait v'nir du Canada parce qu'eux-autres au Canada y t'sortent des tarmes comme ça. Nous autres, ben, on a pardu la maniére de dire les choses en bon frança's. Nous autres aux Petits-Canadas, dans notre coin du pays des Anglas, on parle comme ça marche. Peut-être un jour on va parde notre frança's, mais pas moé, j'l'garde aussi longtemps que j'pourrai. C'est moé, c'te langue-là. C'est moé, c'est toute. Y'en a qui voudrait qu'on seye toute pareille, toute parler la même langue, mais ça marche pas comme ça. On est toute différent. Pensez-vous que les Polonais pis les Irlandais vont s'accorder pour parler la même langue? Monsieur Voyshinski et Mister O'Connell vont s'accorder pour parler le polonais? Non. Les Irlanda's vont parler leur langue et les Polonais vont parler la leur. C'est toute. On dit qu'un jour on va toutes parler angl'as. Peut-être. Mais on a pas d'besoin de pardre sa langue qui nous fait canadiens-français et polonais ou italiens ou grecs. Monsieur Antonakos gardera toujours son parler et son accent en anglais. C'est toute. Après toute, y'é grec. Notre monde aux États c'est devenu un gros potte à faire d'la soupe. On brasse pis on brasse la marmelade, comme le disait tante Frisée de Rochester. Toute mélangé, mais toute ensemble pour faire un pays où s'accordent les peuples d'un peu partout. C'est Madame Cadorette qui l'a dit. A sait c'qu'elle dit parce a fait l'école. A l'a faite pendant trente-deux ans. Est plus smatte que plusieurs d'entre nous autres. C'est, après toute, une maîtresse d'école. A l'a eu une bonne éducation. A l'apprend ceusses-là qui veulent devenir citoyens américains: l'histoire, la géographie, les lois du pays et pis l'anglais. Y vont à l'école le soir après avoir travaillé toute la journée pour apprende ce qu'y ont d'besoin d'apprendre. Y font même des devoirs. Monsieur Gagnon sur la rue Dubuque a appris toute ce qu'y faullait pour devenir citoyen parce qu'y voulait pas rester dans un pays où on est à part. D'abord, y voulait avoir le droit de voter. Y l'a faite. Moé, j'ai pas eu d'besoin de faire toute ça parce j'ai été naturalisée quand même. Athanase itou. Mes enfants avaient pas besoin de faire rien parce qu'y'étaient v'nus au monde icitte. Monsieur et Madame Gingras ont pas voulu s'faire naturaliser parce qu'y voulaient pas pardent leur nationalité de Canadiens. Y voulaient s'faire enterrer au Canada. Ben les enfants les ont enterrés icitte au Mont Calvaire à Manchester. Aux États-Unis. Y sont pas pires que les autres Canadiens qui ont changé de pays pour s'trouver une job. Être six pieds sous terre icitte ou ben au Canada, c'est la même chose. Monsieur Brindamour, mon beau-pére, disait que c'est pas la même chose. Le sol canadien c'est pas le sol américain, y disait. Le sol, le sol, c'est la même chose que la terre. Y faut pas s'en faire avec toute cette affaire de pays pis de fidélité. C'est mon beau-pére qui parlait de fidélité du pays. Y'en avait qui avait dit de nous autres aux États, "laissez-les partir c'est la canaille." La canaille, qu'est-ce que c'est la canaille? C'est pas autre chose que ceusses qui partent pour une meilleure vie et les autres sont jaloux d'eux. Y'a toujours d'la chamaille dans nos vies. Combien sont partis pour les États? Des mille pis des mille. Y'ont trouvé leurs chez eux, pis surtout une job. Y voulaient pas crever là-bas sur les terres. Faullait faire que'que chose. Crever ou s'en aller. Pas comme les Acadiens qui ont été chassés de leur pays par les Angl'as. J'en sais un peu de leur histoire. C'est une histoire triste remplie de misère et de peine. Être chassé de son pays, ça doit don' être triste. Triste en câline! Maudits Angl'as!

Et ben, c'est à peu près l'temps que j'commence à parler d'moé. À chaque fois que j'commence, j'me fais virer les pieds. J'commence toujours ben, mais j'tombe dans d'autres sujets. J'parle trop, je l'sais. Et ben, on y va. Vous savez mon nom et où je d'viens et où j'reste, mais vous savez pas que chus une raconteuse. J'vous ai pas encore raconté des histoires. Attendez, pis j'vas vous en dire. Des belles histoires, des vrais pis des pas vrais, mais qui valent la peine d'être racontées. Pas des sales ou des mautadites histoires de cul. Pardon, mais c'est comme ça qu'on l'dit. Des belles histoires que j'ai apprises des autres et de la parenté à travers les années. J'ai une bonne mémoire, vous l'saurez ben. Y'en a qui disent que j'ai une mémoire de chien. Une bonne mémoire qui s'rappelle toute ou presque toute. Je l'sais qu'avec les années j'en parderai, mais asteure ça marche ben. S'é quatre roulettes.

Chus pas une débauchée ni une femme qui coure les rues. Chus pas comme certaines qui aiment pas à rester à maison. Sont toujours parties. J'aime ben sortir, aller dans des veillées et des partés quand ça m'advient. C'est parce que j'aime gigoter un peu. On a besoin de bon temps icitte et là. Sans ça, la vie s'rait platte en verrat. Qu'on aille pas dire que j'mets mon mari et mes enfants de côté. Non. Chus trop fiable pour m'laisser attirer par quoi qu'ce soit et négliger ma famille. Quand Ti-Nase voit que j'ai besoin de sortir et de m'amuser avec les autres femmes, y'm'dit d'y aller et qu'y va prendre soin des enfants. C'est ben bon de sa part. Y'm'comprend, Ti-Nase. C'est pour ça qu'on s'accorde ben les deux ensemble. Quand c'est l'temps de faire mon devoir, j'l'fais. Chus une femme de devoir comme ma mére et ma grand-mére l'étaient. On dit que chus trop fiable des fois, mais j'aime mieux être fiable que pas fiable pantoute. J'le sais qu'y a des parsonnes qui comptent sur moé, et je les laisserai pas tomber à l'eau. Y'en a qui sont pas fiables. Y disent une chose et font une autre. C'est comme être hypocrite. Moé, chus pas hypocrite. J'aime ben dire la vérité et pas être à deux faces. J'l'sais que j'ai des fautes, moé aussi, mais j'm'en cache pas. Y'en a comme les vieilles filles Sanschagrin qui essayent abrier leurs fautes et s'cachent darrières les rideaux chez eux pour éviter faire face au monde. Y font la baboune aux uns et d'la belle façon aux autres. C'est don' bête du monde comme ça. Monsieur Laverrière les appelle des écornifleuses sans bon sens. Sont toujours à écornifler pour savoir ce que font les gens. Si seulement y s'mêlaient de leur affaires, les choses marcheraient mieux. Elles aiment écornifler pour ensuite parler des autres. Qu'est-ce qui ont tant à savoir des affaires des autres? Moé, j'aime pas savoir la *business* des autres. Leurs affaires, c'est leurs affaires. Un point c'est toute.

Si jamais vous entendez dire que la Brindamour est comme-ci et qu'est comme-ça, croyez-les pas. C'est parler à travers leurs chapeaux. Si vous voulez savoir qu'est-ce qui s'passe chez nous, demandez-le-moé. J'vais vous dire la vérité. Pas d'abriage avec moé. Chus pas faite de mentries ni de méchancetés. J'traite les autres comme y' faut. J'veux qu'y m'traite comme y' faut aussi. Pas de méli-mélo, comme disait ma mére. Nous autres les enfants, on disait, pas de mashmello. C'est drôle des fois comment on vire les choses de bord.

2.

La raconteuse d'histoires

Ben, c'est l'temps que j'vous raconte des p'tites histoires. La raconteuse va vous en donner des choses pour rire et pour, peut-être, pleurer. Pas pleurer comme une Madeleine pour des affaires tristes, mais pleurer parce que ça touche le coeur. Pas d'histoires grivoises, comme le dirait ma grand-mére Angèle-Marie. J'l'ai ben connue la mére de mon pére. On allait la visiter à toutes les années au Canada. A restait à Saint-Pacôme-de-la-Pérade, un tout p'tit village de terres et de rangs. Nous autres, les enfants, on disait Saint-Pacôme-de-la-Parade. Mémére nous en racontait des histoires le soir après souper. Ben, y'avait rien à faire le soir après la vaisselle. C'était ben ennuyant. Parfois on visitait les voisins mais pendant la s'maine, y'étaient trop occupés avec la terre pis les animals et toute ça. Mémére avait pas d'animals excepté que'ques poules et un gros chat nouère, Noiron, a l'appellait. Quant au mot grivoise pour des histoires, mémére nous disait que ça voulait dire d'une gaieté un peu trop risquée. C'était pas pour les oreilles des enfants, a nous disait. Et ben, ça voulait vraiment dire cochonne, et j'en dis pas des histoires cochonnes. J'l'aisse ça pour les autres qui veulent ben se salir la gueule avec des sacres pis des blasphèmes. Chus

27

pas plusse sainte que les autres, mais j'connais ma place, et j'oserais pas m'risquer à dire des histoires grivoises. Nous autres les Canadiens, on avait-tu des mots pour sacrer comme la Viarge, Cibouère, Crisse(des fois on disait Christophe pour adoucir le sacre), Tabarnouche aussi pour ne pas dire Tabarnacle, et Baptême, toutes des choses d'église. On dirait que nous autres on n'en connaissait pas des sacres pas sacrés. Oh oui, y'a maudit ou mautadit, mais ça c'est presque religieux parce que ça rapport au guiâbe. Y'en a qui les mettent toutes ensemble dans une seule volée comme la viarge saint cibouère de crisse de calvaire de sainte sypoplette de purgatouère en tabarnouche. Ça c'est sacrer en guiâbe. Sont pas des méchantes parsonnes qui disent ça. Non, ça leur sort de la bouche d'une seule traite, pis y pensent même pas à c'qui disent. J'avais un oncle, men'oncle Ti-Gus Laflamme, qui sacrait comme un déchaîné quand y'était saoul, saoul comme un vrai ivrogne, les yeux vitrés et la langue pendante. Y'en a qui l'appelait le saoulon d'la côte. Mais, y'était pas méchant, men'oncle Ti-Gus, non y'était doux comme un agneau, disait sa femme, Héloïse-Marie . Men'oncle Ti-Gus sacrait pour sacrer, c'est toute. Pas de méchanceté dans lui. Faullait que ça sorte, c'est toute. Y'en avait eu toute la semaine à l'ouvrage, j'veux dire du temps dur au moulin, pis le vendredi souère, ça commençait à sortir. Sa femme nous disait qu'y allait s'confesser à toutes les s'maines pour avoir manqué aux bonnes maniéres. Monsieur l'curé y disait, "Voyons Monsieur Potvin, c'est pas grave parce que vous dites ça sans vous apercevoir ce que vous dites. Cependant, c'est bien que vous vous confessiez de vos infractions aux bonnes manières." C'est ça que

Monsieur l'curé lui a dit, vos infractions. C'est Ti-Gus lui-même qui l'a dit à sa femme, pis elle nous l'a dit à son tour. Un gros mot comme ça, infractions, imaginez-vous. Faut crère que Ti-Gus a compris ça, ou ben le curé l'a ben expliqué à lui. En tout cas, moé, j'dis que le curé savait ben que Ti-Gus était pas un gros pêcheur. Et ben, notre langue à nous autres est cousue de sacres et des mots qui font virer les pieds, et nous font rire parfois, sinon frissonner dans nuque un peu. Les blagues et les histoires grivoises, et ben, on peut s'en passer.

On y va. Un jour, le vieux Polonais de s'a côte s'décide d'aller voir où s'trouvait la porte centrale du moulin Chicopee à Manchester. Y'voulait s'trouver une job. Y parlait polonais, ben sûr, un peu d'français parce qu'y l'apprenait des Canadiens autour de lui, et assez ben l'anglais. Y'avait jamais travaillé dans l'moulin d'coton. Y savait même pas c'qu'on faisait là-d'dans. On faisait du gros coton jaune pis ensuite on le blanchissait en coton blanc. Après ça, on l'envoyait à que'que part pour faire des draps ou autres choses comme ça. Y'en a qui disait qu'on faisait itou des bandes de coton pour des pansements pour la grosse compagnie Johnson & Johnson. C'est ça que les gens disaient. Y faisait itou du coton pour faire des couches de bébé, du *cheesecloth*. On savait pas comment dire *cheesecloth* en français, alors on l'disait en anglais, comme *truck* et *sink*. Ben un jour, Madame Falardeau qui aimait s'montrer qu'a pouvait parler *biiiien* est r'venue du Canada et nous a annoncé que c'était d'la mousseline à fromage. Tout l'monde s'est mis à rire. D'la mousseline à fromage! Y'avait pas d'fromage là-d'dans. Pas à la Chicopee. C'est pour ça qu'on a continué à dire du *cheesecloth* de la Chicopee. Tout l'monde en apportait à maison. Faullait faire attention de pas s'faire pogner.

Et ben pour en r'venir à notre histoire du Polonais, y'é rentré par la grosse porte d'en avant pis y'é t'allé parler à la dame qui était dans un espace vitré qui répondait au téléphone, en plusse de recevoir les gens comme le Polonais. On l'appelait la réceptionniste. Le Polonais enlève son chapeau [faut crère qu'y était ben poli] et commence à parler à elle. "What do you want?" lui dit la madame. "I want a job," répondit l'homme. "Well, you can't get a job here. You have to go to the employment office." "The what?" il dit. Pensant qu'il était canadien, a commence à y parler français. Il lui répond assez ben et elle continue à y expliquer les choses. Le Polonais y d'mande si on faisait du coton pour des pansements comme il en avait entendu parler. "Vous savez, bandage pour pansements." "Bandage pour quoi?" dit-elle. "Bandages pour pansements de bobos." "Le seul bandage que j'connais c'est celui d'une roue de fer," y dit la femme. "Non, non. Du coton quand on est bandé," il insiste. A commence à crier et à se dém'ner. Insultée raide, la dame. A pensait que le bonhomme parlait d'une érection d'homme et lui n'savait pas de ce qu'elle parlait. Une vraie tour de Babel. Arrive un homme toute endimanché, et lui écoute la dame qui lui explique la grivoiserie du bonhomme. Ça prend pas d'temps qu'on jette le bonhomme dehors. Et ben, le vieux Polonais n'a pas eu de job au moulin. Y s'est décidé après son aventure de ne p'us parler en français à parsonne pour le reste de sa vie. Ti-Noire Leblanc dit que lorsque que'qu'un essaye d'y parler en français, y tourne ça en anglais. En famille pis entre amis, y parle beaucoup plus le polonais asteure qu'y s'est fait prendre. Y'é pas bête le bonhomme. Y'aime pas s'faire dire qu'é domme, et surtout faire rire de lui. C'est pas une histoire grivoise, vous savez. C'est pas une qui fait dresser les ch'feux s'a tête comme y'en a. C'est juste une histoire avec un malentendu de mots, et comment certains mots nous font virer rouges si on n'les connaît pas, ou ben si quelqu'un les usent sans s'apercevoir c'que ça veut dire. Qui aurait cru qu'un bandage, c'est une erection d'homme. C'est seulement entre les hommes qu'on parle de ça d'habitude. Et ben, le Polonais est resté dans son voisinage à lui et on n'entend p'us parler de lui. Y doué être mort asteure. C'est une histoire vraie que j'vous raconte. C'est pas une ment'rie.

En voilà une autre. Une vraie, elle itou. Ça montre comment un homme peut être jaloux, si jaloux, assez pour tuer un autre. C'est une maladie la jalousie, vous savez. Jérôme Godbout était marié avec une Hébert, la quatrième des filles des Hébert qui restaient sur la Coolidge à Manchester. Jérôme et Rose-Alba, son nom était Rose-Alba, étaient mariés ça faisait dix-neuf ans. Rose-Alba avait eu un garçon tard dans son mariage après avoir eu un autre garçon pis une fille. C'est deux-là étaient déjà grands. Y'allaient à l'école quand le p'tit Armand est né. Le petit était ben ben attaché à sa mére, j'vous l'dis. Y la suivait partout comme un chien d'poche. A s'en foutait ben parce qu'a l'aimait son petit gars.

Y'était un peu brailleur et des fois ben tannant, mais sa mére l'aimait ben. C'était son darnier, vous savez, et les darniers sont souvent gaspillés.

Jérôme était bel homme quand Rose-Alba l'avait marié, mais avec les années y'était devenu un peu farouche et jaloux. Ça paraissait dans ses yeux et dans sa face. Y'avait des poches sous ses yeux. Y'était jaloux de sa femme. On savait pas pourquoi, mais y'était-tu jaloux d'elle. Faut crère qu'y la trustait pas. Pantoute. A pouvait même pas aller au store par elle-même. C'était lui qui faisait les stores. Y'avait peur que sa femme parle aux hommes, pis qu'a s'fasse amourachée d'eux-autres. Y'aimait même pas qu'a parle au voisin, Monsieur Lamoureux. Ma foi, Monsieur Lamoureux avait quatre-vingt-quatorze ans. Y pouvait presque pas s'grouiller la carcasse. Comment aurait-tu pu enjoler Rose-Alba? Jérôme était jaloux, c'est toute.

Jérôme était acadien et y'était descendu du Nouveau Brunswick avec des amis dans les années vingt. Y'avait travaillé dans les chantiers du Nouveau Brunswick et pis y voulait s'trouver une job aux États. Y'en avait trouvé une à shoe shop. C'était un bon travaillant, Jérôme. Y'était fidèle à sa job comme plusieurs des Canadiens et Acadiens qui étaient v'nus pour se fixer aux États. Pourquoi? C'est parce que les jobs étaient ben rares au Canada. Au Nouveau Brunswick itou. J'l'sais que le Nouveau Brunswick est au Canada mais dans une différente partie. Les autres venaient de la province de Québec. J'dirais que la plupart venait de d'l'à.

Oui, Jérôme était fidèle à sa job, pis j'dirais à sa femme itou. Peut-être trop fidèle. J'dis ça parce qu'y'était jaloux. Jaloux comme un paon, comme disait ma tante Élodie. En plusse, Jérôme aimait prendre son p'tit coup de biére toutes les fins de s'maines. Y commençait le vendredi soir aller jusqu'à samedi soir. Le dimanche y'en prenait pas à cause faullait aller à messe. Y manquait jamais la messe le dimanche matin. Y'allait avec sa femme et ses enfants. Jusqu'à ce que son plus vieux devienne en âge, y buvait pas le dimanche. Son garçon s'appelait Léandre. C'est après que Léandre a commencé à bouére que Jérôme à commencé à bouére le dimanche après-midi. Surtout après que Léandre s'est marié avec une fille de Goffstown, Muriel Villandry. Une ben belle jeune femme avec des yeux bleus et des ch'feux blonds. Avait toujours l'air fine, Muriel. Ben, Léandre a commencé à acheter d'la biére et y l'apportait chez eux à son pére, et lui et Jérôme buvaient ensemble alors que les deux femmes parlaient et mangeaient du chocolat. Que vouliez-vous que Rose-Alba et Muriel faisent? S'ronger les pouces? Y'aimaient mieux qu'y boivent à maison que dans une saloune. Oui, Jérôme et son Léandre aimaient-tu bouére d'la biére ensemble. Jusqu'à ce que les yeux leur tournent comme vitrés et la langue épaisse. Y'avaient d'la misère à parler comme y faut. C'est seulement quand leur ami, Teddy Laverdière, y'allait pour jouer aux cartes, que les deux hommes buvaient moins. C'étaient des joueurs de cartes les Canadiens comme les Acadiens. Les hommes comme les femmes. À guizoute, au Charlemagne ou au pictou. Y'avait de tannantes parties de cartes des fois à cause d'la sériosité des joueurs qui voulaient, à tout prix, gagner la partie. Parfois, Monsieur Laverdière s'fâchait, mais Jérôme y disait de s'la baisser. Jérome était un homme doux, presque bonasse. Jamais y s'fâchait. Son seul défaut c'était sa jalousie à propos de sa femme. Lorsqu'y avait bu un peu trop, y' pouvait s'rendre fou avec sa jalousie comme y la faite un soir après avoir bu avec son garçon, Léandre. D'habitude les deux mouennes buvaient pas les jours de la s'maine à cause du travail le lendemain. Mais, c'était arrivé à cause Jérôme et Léandre voulaient célébrer le *pennant* des Red Sox. Y l'avaient faite au Club Rimmon.

Ben, un soir, tard dans la veillée, Rose-Alba s'est décidée d'aller s'coucher quand ben même Jérôme était pas encore arrivé. Était fatiquée et pis a voulait mettre au litte son p'tit Armand. Le p'tit gars voulait pas s'coucher parce qu'y attendait son pére qui lui avait promis une p'tite surprise. Rose-Alba a dit à son enfant de v'nir coucher avec elle dans son litte jusqu'à ce que son mari arrive pour s'coucher. A l'attendait avec un peu de souci parce qu'a n'avait jamais eu à attendre son mari un soir d'la s'maine. A voulait que le p'tit vienne coucher avec elle parce qu'a savait qu'y avait peur ce soir-là. Et ben, y s'mettent au litte pis dans peu d'temps les deux tombent endormis. Le p'tit bonhomme avait la tête renfoncée dans son oreiller et sentait la chaleur du corps de sa mére. Y'était ben tout comme un p'tit chat près d'la chatte. Tout d'un coup, le p'tit bonhomme s'met à pleurnicher. Y'avait une grosse ombrage dessus lui. Rose-Alba s'réveille aussi vite et a aperçoit dans la lueur de la lune, Jérôme avec une hache au-d'ssus du p'tit croyant que c'était un homme couché avec sa femme. A lâche un gros cri d'meurtre, assez pour réveiller les voisins. Le p'tit braille à pleine tête. Rose-Alba crie à son mari de lâcher la hache parce que c'est Armand couché avec elle. Vite, Jérôme fait ce qu'a dit et commence à pleurer qu'y'aurait pas dû faire ça. Le p'tit pleurait pis pleurait. Y' savait pas c'qui arrivait. Sa maman essayait de le consoler du mieux qu'a pouvait tandis qu'a essayait de contrôler son mari d'arrêter d'pleurer. Y'avait toute un méli-mélo dans chambre à coucher. Soudain on entend cogner à porte. C'était le voisin, Monsieur Mercier. Sa femme l'avait envoyé voir qu'est-ce qui s'passait. Rose-Alba saute en bas du litte et va à la porte. Monsieur Mercier lui d'mande qu'est-ce qu'y'a. "Rien," y dit Rose-Alba. "Armand s'est réveillé en pleurant et m'a faite peur. C'est pour ça que j'ai crié. C'est d'ma faute. J'ai réagi trop. C'est don' bête la surprise dans la nuit. J'vous d'mande pardon, Monsieur Mercier. Allez vous r'coucher." "Et votre mari? Y'a dormi dans toute c'te tapage-là?" "Oui. C'est un homme qui dort assommé." Monsieur Mercier partit sans rien dire un autre mot. Y's'grattait la tête. Pas plusse que ça avec Rose-Alba. C'est pas une femme narveuse. A toujours pris les choses tranquillement. On sait ben qu'a eu peur c't'a nuitte-là, mais en a jamais parlé à aucun autre que sa bru. Moé, j'l'sais parce que sa bru qui connaît ben ma belle-mére lui a dit, et ma belle-mére me l'a raconté. C'est une histoire vraie, j'vous l'dit. J'ai pas rajouté un seul mot à l'histoire. J'ai rien rabrié. Croyez-moé ou croyez-moé pas.

La-celle que j'vas vous raconter asteure, c'en est une qui va vous faire rire. C'est à propos d'un p'tit chien et Diana ma cousine du New Hampshire. A vivait à Rochester avec son premier mari, Edouard. Edouard

Labelle. J'dis son premier mari parce qu'Edouard est mort pas trop longtemps après que lui et Diana se sont mariés. Y'a gaspillait, Diana. Y lui donnait toute c'qu'a voulait. Y'avait pas d'enfants, pis Diana s'trouvait toute seule parce que sa mére et sa soeur vivaient en dehors à Somersworth. Edouard voulait pas que Diana travaille ni dans les moulins ni dans les shoe shops. Alors, ètait seule à maison toute la journée. Un jour, son mari lui apporte un p'tit chien qui s'appelait, Blackie. Noir comme de l'encre, le p'tit chien, avec une seule tache blanche à côté de son oreille gauche, mais Diana l'aimait ben. A s'est amourachée de lui tout d'suite en le voyant. A l'aimait ben les chiens, surtout les p'tits chiens à dorloter. Edouard était content qu'y'avait fait tant plaisir à Diana. A faisait c'qu'a voulait avec son chien. Y parlait pas pis c'est toute.

Diana aimait apporter son p'tit chien pour aller s'promener à Somersworth. Le p'tit chien aimait rider en machine. Y'était assis sur elle pis y r'gardait partout. C'était comme son enfant, ce chien-là. Oui, Blackie était son trésor. Une fois rendue à Somersworth sur sa mére, Diana rentrait Blackie dans maison pis a lui donnait que'que chose à manger, des restants qu'avait apportés avec elle. Un restant d'hamburger qu'avait cuit le soir avant ou d'la fricassée canadienne. A savait gaspiller son chien. Elle, ètait gaspillée par son mari et a gaspillait, à son tour, son p'tit chien. Pauvre Diana, sa mére et son mari riaient d'elle tellement a faisait des choses pour faire plaire à son chien, et ma tante Cora, la mére à Diana, pouvait pas s'empêcher de lui dire comment les deux, Diana et Blackie, étaient gaspillés, pourris.

Un jour alors qu'y avait neigé à plein ciel, Diana voulait sortir avec son p'tit chien pour lui donner de l'air. Avait pelleté un p'tit ch'min en avant et avait pris son p'tit chien pour une marche dehors. Avait pas mis ses gants et ses doigts sont mis à geler. Tout en frottant ses mains a laissé la p'tite corde aller et Blackie s'met à courir vite vite vite. Diana commence à crier "Blackie, Blackie r'viens back. Vas-t-en pas dans neige comme ça. Tu vas g'ler, ma p'tite crotte." Blackie courait pis courait au large. Y'avait jamais été si lousse de sa vie. Tout d'un coup y rencontre un gros chat et y s'arrête net devant lui. Le gros chat s'monte le dos et sort ses griffes. Y'attrape Blackie sur le nez et Blackie commence à saigner pis à japper. Un cri d'chien parçant. Diana court pour ramasser son Blackie et l'amène à maison les larmes aux yeux. Son pauvre Blackie! A disait que c'était de sa faute. Qu'a aurait pas dû le sortir dehors. Le p'tit chien continuait a japper et à s'plaindre. Diana savait pas quoi faire. Est allée voir le voisin qui connaissait les chiens, pis a lui d'mande de v'nir voir son Blackie. Monsieur Lagarde, y s'appelait comme ça, sort de sa maison et va à côté voir le p'tit chien avec Diana à ses côtés. Y rentrent en d'dans pis s'aperçoivent que Blackie avait chié partout dans l'salon. Le beau salon de Diana qu'a gardait toujours propre pour la visite. A criait, "Non, non, pas mon salon!" Monsieur Lagarde s'met à rire, rire aux éclats. "Faut crère que ton p'tit chien s'est r'vengé, et a sali ta meilleure place dans maison. Celle que tu r'gardait comme la prunelle de tes yeux." "Mais y'a jamais faite ça, mon Blackie. Jamais!" "Y faut crère que sa rage avec toé était plus forte que son affection pour toé." "Mais, mais, mais, c'est pas lui ça." "Quand un chien s'met à vouloir punir sa maîtresse, ben y fait n'importe quoi pour l'insulter et la fâcher. Faut toujours faire attention aux chiens, tu sais." "J'l'savais pas. Y'a toujours été un bon p'tit chien. J'en ai toujours ben pris soin, vous savez." "Un p'tit chien gaspillé est un animal qui s'attend à toute. Y faut pas graffigner sa sensibilité. Y'é ben ben sensible, votre p'tit chien, Madame, y s'attend à toute dorlotage." "Mais, je l'ai jamais négligé, Blackie." "Dans c'cas, y s'est senti négligé parce qu'était enragé contre le gros chat, et vous l'avez laissé seul pour v'nir me chercher." "Mais, il faullait faire que'que chose." "Oui, et ben lui a faite que'que chose, y s'est vidé le corps en rage. Chié." "Mon doux que ça pue la marde de chien," dit Diana, et pis a s'est mise à rire avec Monsieur Lagarde. Rire aux éclats. Ça pas pris d'temps qu'a l'a cliné le salon et a jamais r'sorti son chien après ça par peur qu'y y fasse la même chose en rencontrant le gros chat. Vous pouvez rire, mais vraiment c'est pas drôle. Le chien à Diana, oui, son pauvre p'tit Blackie. A s'est r'mariée après que son premier mari est mort de cancer. Avait mouvé à Somersworth avec sa mére et sa soeur. C'est là qu'a rencontré son deuxième mari, Omer. C'est là qu'a eu son deuxième chien, deuxième mari, deuxième chien. C'est-tu drôle comment les choses s'arrangent des fois.

Si vous êtes pas trop fatiqués de m'entendre raconter des histoires, et ben j'vais vous en dire une autre. Cette fois-citte, c'est une histoire de vieille fille. Y'en a des histoires de vieilles filles. On pourrait en raconter des fois pis des fois. Faut crère que les vieilles filles, y'en mouillait. J'sais pas pourquoi. Apparemment, y'avait des filles qui voulaient pas s'marier et voulaient pas non plus rentrer au couvent. C'est pas la place pour ceusses-là qui s'ennuient à mort. Ben, y'ennuieraient toutes les soeurs du couvent. J'sais pas pourquoi on appelle les filles pas mariées des vieilles filles, alors que les soeurs, qui sont pas mariées non plus, on les appelle pas des vieilles filles. Ben on dit qu'y sont mariées au Bon Dieu. À quel âge on appelle les filles des vieilles filles, j'me d'mande. Y faut qu'elles sèyent pas mal vieilles. Vingt-six, vingt-sept ans, peut-être. Peut-être dans la trentaine avancée? On s'mariait si jeune dans l'vieux temps. Quinze, seize ans. Dans mon temps aussi. Y'en avait qui s'mariait à dix-sept, dix-huit ans. Moé, j'me chus mariée à dix-neuf ans. Y'en a qui trouvait ça vieille pour une fille. Les gars pouvaient s'marier plus vieux, à vingt-trois, vingt-six ans, pis on les appelaient pas des vieux garçons. Seulement vers l'âge de quarante ans ou plus vieux qu'on les appelait des vieux garçons. J'sais pas pourquoi. Faut dire que les vieilles filles étaient souvent mises à part. J'veux dire qu'ètaient pas invitées aux parties, aux veillées, aux soirées pis aux *baby showers*. Ni aux *bridal showers*, ces parties où qu'on célébrait la mariée avant qu'a s'marie. J'sais pas pourquoi. Quant aux veillées et les soirées, ça aurait faite une place pour rencontrer des vieux garçons et pis s'faire connaître mieux. On s'fait pas de liaison toute seule, disait ma mére. Y faut que'qu'un pour s'rencontrer et pis faire une partance. Ça s'fait pas toute seul. En tout cas, la fille à men'oncle Ludger était une vieille fille. Avait à peu près trente-sept ans mais a r'gardait plus vieille. C'est peut-être parce qu'a s'habillait vieille, du noir pis du gris tout l'temps. A portait des souliers d'soeurs, vous savez, des gros souliers noirs avec des gros talons de deux pouces et d'mi. Y'étaient lacés. A portait des lunettes épaisses avec une monture de broche en argent. A r'gardait comme une maîtresse d'école. *Plain*, qu'ètait-tu *plain*. Rien pour la faire r'garder jolie. Pantoute. Pourtant avait de belles dents et un beau sourire quand a voulait. La parenté l'appelait du bouillon à tremper le vieux pain rassis. Y n'avait p'us d'goût. Un bouillon qui est resté trop longtemps à chaleur d'été ça sent le moisi. Parsonne veut du vieux bouillon. Y veulent que'que chose de frais. Les gars veulent des filles au teint frais et aux manières jeunes. Pas des filles qui s'font des maniéres de soeurs, ben rigides et sérieuses.

Imelda, c'est comme ça qu'a s'appelait la vieille fille à men'oncle Ludger, ètait pas trop grosse mais a marchait les fesses serrées. On aurait dit que ses fesses étaient collées ensemble. Allait à messe toutes les dimanches avec la même robe noire et le même chapeau en feutre noir, l'hiver comme l'été. A suivait certainement pas la mode. A portait pas de *jewelry* excepté, de temps en temps, a portait un collier de fausses parles que son pére lui avait donné après que sa mére est morte. Sans doute ç'avait appartenu à sa mére. A n'avait p'us d'besoin, sa mére.

Marie Imelda Henriette Longchamp ètait le poteau de vieillesse de son pére asteure que la mére était partie. Men'oncle Ludger pensait ben que sa fille se marirait pas. Jamais. C'est ça qui pensait. Toujours, Imelda commence à sortir avec des hommes, des hommes plus vieux qu'elle. Y'en avait qui étaient plus vieux que son pére à elle. Imaginez-vous ça. Y'en avait un qui avait soixante-douze ans. Y'était assez beau, pas trop gras du bedon comme plusieurs hommes, drette comme un piquet, et y'avait toute sa caboche. Un homme mûr comme un beau fruit prêt à cueillir. Les femmes couraient après lui mais y'en voulait pas de ces femmes-là. Des courailleuses, des rongeuses de balustres, des vraie pies, et, en fin d'compte, des indésirables, comme y disait. Mais, apparamment y trouvait Imelda de son goût. Y s'est mis à la courtiser. Vous savez, lui faire d'la belle façon, des beaux yeux, et pis à sortir son air de belle politesse. Y lui en faisait-tu des politesses. Y lui ouvrait les portes, raculait les chaises pour ensuite les pousser pour qu'a peuvent s'assir, y marchait au bord du trottoir près de la rue pour qu'a seye pas arrosée si y'avait de l'eau dans rue, y touchait le bord de son chapeau à chaque fois qu'y rencontrait des femmes pour l'impressionner, et pis y faisait toute pour lui plaire comme si était une princesse. Qu'était-tu bon cavalier comme dans les histoires de romances. Moé, j'pense qu'y s'en faisait trop pour elle. Mais, elle, ètait ben contente de l'attention qui lui faisait. Jamais aucun homme lui avait donné tant d'attention. Pas même son pére. Imelda se sentait aux anges avec Hormidas Bellefeuille. C'était son nom, Hormidas Bellefeuille de la rue où restaient les riches de la ville de Woonsocket au Rhode Island. J'étais allée les voir, men'oncle et ma tante, une fois seulement quand ma tante était encore en bonne santé. On avait visité son gars et sa bru à Central Falls. C'était le seul frére qu'avait Imelda. Pas d'soeurs. Ètait pas trop trop attachée à son frére, Imelda. A s'attachait pas à parsonne, excepté ses parents pis une amie qu'a appelait Tite-Fleur.

Imelda est tombée en amour par dessus la tête. En chavirait pas pis c'était toute. Faut crère qu'avait jamais connu l'amour. Le monde disait qu'a actait pas son âge. Avait r'gardé comme une vieille fille presque toute sa vie et asteure a s'faisait des airs de jeune fille. Faut crère qu'avait gardé toute en d'dans d'elle pour trop longtemps, pis asteure a s'laissait aller. Toute sortait d'elle comme une fontaine qui avait été bouchée trop longtemps. On la r'connaissait qués'ment pus à force qu'avait changé. Tant mieux pour elle, y'en a qui disait. D'autres pouvaient pas la sentir asteure qu'ètait tombée en amour avec c't'homme-là. Comment une femme de trente-sept ans peut tomber en amour avec un homme de soixante-douze ans, on s'demandait. Y'était assez vieux pour être son pére, on disait.

Ben après six mois de fréquentations, les deux, la vieille fille, Imelda et le veuf, Hormidas Bellefeuile, s'décident de s'marier. Y lui avait ach'té un beau diamant. Ètait fière de ça, fière comme un paon. C'est ça qu'on dit quand une parsonne est si fière qu'à d'vient orgueilleuse. Imelda montrait son beau diamant à tout l'monde. Souvent a faisait exprès de l'mettre sous l'nez d'la parsonne à qui a voulait le montrer et qui en faisait pas d'cas. Men'oncle Ludger était don' content que sa fille avait trouvé une bonne partie dans vie. Enfin. Imelda resterait pas vieille fille et toute seule. Y'aimait Hormidas parce qu'y aimait jouer aux cartes. Y s'adonnait ben avec lui.

Les noces ont eu lieu dans l'église Saint-Thomas à sept heures du matin. L'église était ben décorée avec de beaux bandeaux blancs qui tombaient du plafond jusqu'aux colonnes d'en bas où y'étaient attachés. Y'avait eu d'la belle musique et l'organiste s'était dépassé c'ta fois-citte. On en v'nait les larmes aux yeux. Imelda portait une robe de satin écru parce qu'a voulait pas porter du blanc quand ben même avait jamais été mariée. Le déjeuner a eu lieu à grande salle du Club des vétérans parce que Hormidas c'était un vétéran de la Première Guerre. Tout l'monde ont eu du fun et ont ben mangé. C'est Hormidas qui payait pour toute. Ludger qui s'trouvait le pére de la mariée était content de ça parce que d'habitude c'est le pére de la mariée qui paye pour les noces. Après les noces, Hormidas et Imelda sont partis sur leur voyage de noces. J'm'en souviens pas où.

Après quatre mois, on s'est aparçu qu'Imelda était en famille. A pouvait pas s'en cacher. Le monde a commencé à dire qu'a l'aurait ben avant ses neuf mois et que peut-être avait été enceinte ben avant son mariage. Faut crère que le vieux avait encore la force de sa graine et l'avait faite montrer. Là les langues sont mis à claquer. Y'en avait des cancans à propos d'Imelda et son vieux mari. Ça faisait rien à elle parce qu'a savait qu'était mariée comme y faut. Le monde criait scandale et la r'gardait de travers à tous les dimanches quand a allait à messe avec Hormidas. A s'en cachait pas. Imelda était d'venue un peu fanfaronne et a pouvait s'dire c'qu'avait faite c'était pour r'gagner du temps qu'avait pardu. Le bébé est v'nu au monde et les gens ont r'marqué que c'était six mois après les noces d'Imelda. Le bébé, une p'tite fille, a été adorée par son pére et son grand-pére, et surtout de sa mére qui aurait cru qu'une vieille fille comme elle pouvait jamais sortir de c'trou-là, le trou de la noirceur des vieilles filles. Pas toutes les vieilles filles connaissent la noirceur de l'isolement, mais y'en a qui vivent dedans toute leur vie. En voilà une vieille fille qui a tourné les choses de bord. Est sortie du trou. J'l'ai connu Imelda et c'était une bonne parsonne.

Asteure j'veux parler d'un homme qui était mort. Y'était en vie, mais y'était mort en d'dans, mort dans son coeur, mort dans son âme, mort dans ses p'tits espoirs. Pas d'vie pantoute. Pas d'confiance en rien. Son corps s'grouillait mais le reste était comme figé. Mort raide. J'l'sais que l'âme meurt jamais, mais lui, Elphège Rancourt, avait l'âme assommée, aucune vie humaine dans elle. Elphège trainait ses jambes, molles comme du mastic mou. Ses bras aussi. Ses mains tombaient comme des roches au boute de ses bras. Y'avait d'la misére à s'assir tellement son corps était mou. Pis, y'avait les yeux morts, éteints, sans lumiére dedans. On aurait dit des globes brûlés. Pauvre Elphège Rancourt.

Pourquoi Elphège Rancourt avait la mort dans l'âme? On savait pas exactement. Y'avait une soeur et un frére. Sa soeur restait au Texas et son frére venait jamais l'voir malgré qu'y restait pas trop loin. Y restait à Woonsocket et Elphège restait toute seule à Leominster. Ses parents étaient morts ça faisait longtemps. Pas d'amis non plus. Parsonne. C'est Herménise Langlois qui m'a raconté son histoire. A l'a connu Elphège parce que c'était son voisin pendant des années. Et ben, Herménise a découvert un jour qu'Elphège prenait des p'tites marches dans le bois à côté d'chez eux. Oui, y'avait au moins une bonne habitude. Prendre des marches. Souvent un vieux chien brun des alentours suivait Elphège mais Elphège en faisait pas d'cas. Le chien le suivait pareil. Un jour, à force d'être suivi par le chien, Elphège s'est mis à y tirer des branches pis des roches pour l'éloigner de lui. Le chien le suivait quand même jusqu'à c'qu'un matin une des roches a frappé l'chien dans l'oeil drette. Le chien s'est mis à japper doucement pis à hurler comme si Elphège l'avait vraiment fait mal. Y'arrêtait pas de s'plaindre comme une bête apeurée. Malgré sa douleur, le pauvre chien continuait à suivre Elphège. De temps en temps, Elphège r'gardait en arriére et voyait que l'chien n'arrêtait pas de l'suivre. Y s'aperçut que l'chien essayait d'frotter son oeil avec sa patte. Elphège r'ssentit un peu de peine pour le chien parce que c'était lui qui l'avait fait mal. Elphège dit à Herménise, en racontant son histoire, qu'y n'avait jamais filé comme ça pour un animal. Y s'est mis à avoir des sentiments pour le chien. Y'a même donné un nom au chien parce qu'y pensait que l'chien avait été abandonné. Elphège savait comment le pauvre chien filait, abandonné comme lui. La mort dans l'âme. Y l'avait appelé, Tarzan, parce c'était celui qu'il allait voir aux *movies* une fois par semaine. C'était le seul p'tit plaisir qu'y s'accordait.

Le monde a commencé a appeler Elphège et Tarzan, Saint-Roch et son chien d'après l'histoire des saints. Saint Roch avait été guéri par un chien. C'est le chien qui lichait sa plaie pour la faire guérir. C'est peut-être pour ça que les vieux disaient pour un vieux r'mède faire licher un bobo ou une plaie par un chien, sa salive va aider à la guérison. Y'a toutes sortes de vieux r'mèdes, vous savez. J'vous en raconterai plus tard quand j'aurai fini mes histoires.

Elphège avait don' trouvé un chum. Y'l'suivait partout. Quant à l'oeil du chien, ben y'a guéri à cause d'Elphège qui en prenait soin avec des pansements et de l'onguent sainte que sa grand-mére avait faite. L'onguent sainte, ça guérissait toute. Moé, j'pense que la blessure du chien a guéri à cause du soin que lui donnait Elphège, peut-être de l'amour que l' bonhomme avait trouvé en d'dans de lui. Avec le temps, Elphège paraissait comme si y s'était réveillé. On aurait dit que la mort dans l'âme était disparue. Y'avait rajeuni, notre Elphège. P'us de mollesse dans lui, Y's'trainait p'us la carcasse. Y s'est mis même à chanter des p'tites chansons comme, "On n'a pas tous les jours vingt ans," "Votre p'tit chien, madame, votre p'tit chien, madame est pardu," et pis *Let Me Call You Sweetheart.* Elphège a vécu jusqu'à l'âge de quatre-vingt deux ans. Y l'ont enterré au cimetière des pauvres parce qu'y avait pas d'place, et surtout pas d'argent pour l'enterrer dans le cimetière de la paroisse. On dit que chaque matin Tarzan venait s'placer sur sa fosse et pis y restait là toute la matinée. Y r'venait le soir et mettait son museau un peu dans terre comme si y voulait toucher son chum, Elphège. Après quelques années, on voyait p'us l'chien. Faut crère qu'y était mort lui aussi. Disparu. Par conséquent, p'us d'visiteurs. Quoiqu'on dit qu'à tous les derniers lundis du mois, on s'apercevait qu'y avait un os sur la fosse d'Elphège. Un gros os. Peut-être les chiens venaient-ils déposer leur offrande en honneur de Saint-Roch et son chien, Elphège et Tarzan. Ou peut-être

Tarzan marquait sa présence d'une manière mystérieuse. On en sait rien.

Y'en a qui disent que c'que j'raconte c'est des folleries. C'est juste pour s'amuser qu'a fait ça, y'en a qui disent. J'l'sais parce que Rosa Jalbert, mon amie d'la shoe shop me l'a dit. A essayé de m'défendre mais y disent toujours la même chose à propos de mes histoires. A leur dit que c'est pas des folleries mais des histoires vraies et ceusses-là que mon grand-pére Rodrigue, le pére de ma mére, m'a racontées. C'est vraiment pas des folleries parce que j'les dis pour amuser les gens et leur faire connaître leur héritage canayen. Je l'sais que certains diront que j'use des mots éduqués pour m'faire accrère, mais j'use le mot "héritage" parce que je sais ben c'que veut dire le mot. Ça veut dire, c'qu'on hérite de nos aïeux comme les chansons, les récettes, les vieux r'mèdes, pis les histoires comme je raconte. J'les ai pas tirées dans l'air, vous savez. J'fais pas ma folle avec mes histoires. "Héritage" veut aussi dire que les choses comme j'viens de dire sont passées de génération en génération. Ça du mérite ces choses-là. Y faut pas les laisser mourir. J'espère que qu'qu'un gardera mes histoires pour les conter dans l'futur. C'est pas des folleries. C'est d'la bonne onguent, comme le disait la vieille mèmére Cordeau.

3.

La raconteuse et les fabliaux

En parlant de l'héritage et c'que les vieux nous ont passé, j'ai découvert, un jour, par l'entremise de la jeune Perreault qui allait au collége, des histoires drôles qui v'naient de loin. Du Moyen Âge, a m'a dit, pis a m'a expliqué ce que ça voulait dire le Moyen Âge. J'peux pas toute vous l'expliquer comme a me l'a dit, mais ça veut dire des années et des années quand y'avait des princesses et des chevaliers à ch'fal. Des princes et des rois itou. Ça fait longtemps de ça. Très longtemps. Ceusses-là avaient leurs propres histoires qu'on appelle des romances. Des histoires d'amour. Les autres gens, les plus pauvres et les marchands des villes et des villages avaient leurs histoires à eux-autres. Ça s'appelait des fabliaux, la jeune Perreault m'a dit. A m'a raconté quelques-unes de ces histoires, et ça m'a faite rire. Plusieurs de ces fabliaux s'moquent de que'qu'un ou de que'que chose, la p'tite Perreault m'a dit. Quand ben même ça v'nait de ben loin dans l'passé, ça pouvait faire rire n'importe qui. Toute le monde aime rire. À part de ça, ça faisait partie de mon héritage à nous autres parce que ça v'nait de France. C'est la jeune Perreault qui m'a appris toute ça à propos des anciens temps. C'est comme si j'étais r'tournée ècole pour apprendre. J'ai ben aimé ça. La p'tite Perreault m'a aussi dit que c'est moé qui était sa maîtresse parce que j'y enseignait que'que chose. Ça, ça m'a touché l'coeur parce que j'aurais jamais cru que j'pouvais apprendre que'que chose d'éducation à un autre. Apprendre à tricoter, à flâser, pis à faire des amarinades, oui, mais pas devenir une maîtresse d'école, la grande école. Qu'y allent pas m'dire que c'est des folleries, mes hstoires. C'est dans l'héritage, nos traditions de rire et de faire rire le monde. Chus en bonne compagnie, j'vous l'dis.

J'vas vous en raconter une des histoires de c'temps-là. La jeune Perreault les a pris dans des livres d'école parce que ça faisait partie de sa classe, et a faisait un devoir sur les fabliaux, a m'a dit. A voulait faire une comparaison entre les vieilles vieilles histoires, comme les fabliaux, et les miennes. Est v'nue m'voir toute seule, pis a voulait mettre mes histoires sur son *tape recorder*. J'avais jamais raconté mes histoires à une machine. C'est une drôle d'affaire. Parler à une machine, acréyé! Ce que j'fais, a m'dit, c'est important pour sauvegarder nos traditions populaires et surtout nos histoires. J'savais pas que mes histoires auraient faite partie d'une classe de collége. Moé qui est pas éduquée, pas de collége, même pas de *high school*, j'voulais pas faire rire de moé avec mes histoires. C'est ben beau en famille et dans les veillées alors que tout l' monde s'connaît. Mais pour une classe de collége, ça m'faisait un peu peur. La p'tite Perreault m'a rassurée que si je voulais, a userait pas mon nom, mais que ça donnerait plusse d'authenticité, plusse de vrai, si a pouvait user mon nom. Ben, j'lui ai donné la permission d'user mon nom, mais de ben l'ép'ler, MADAME ATHANASE T. BRINDAMOUR, raconteuse. Alors, j'vous raconte l'histoire tout comme a me l'a racontée. C'est l'histoire du Bébé de Neige.

Une fois, y'avait un marchand qui faisait ben ben d'argent avec ses affaires. Y voyageait souvent à ben des places pour trouver des marchés qui lui plairaient. Y'avait jamais assez d'argent. Y'en voulait toujours plusse. Un jour, y laisse sa femme pour aller loin, un très long voyage. Y'é parti pour deux ans d'temps. Ça faisait long pour sa pauvre femme. A savait pas quoi faire d'elle. A manquait ben son mari. Y lui vient à l'idée d'aller rencontrer que'qu'un juste pour s'donner d'la compagnie. A rencontre un beau jeune homme et y s'mettent à se fréquenter. À la longue, la femme tombe en famille. A eu un p'tit garçon . Quand son mari est finalement arrivé, y lui d'mande comment avait faite pour avoir un enfant dans son absence. Sa femme lui dit, "Mari, un jour que je r'gardais pour toé sur le balcon d'en haut, toute triste de ta longue absence, j'me chus mis à contempler le ciel et comme c'était l'hiver, la neige tombait en gros flocons, pis un peu de neige est tombée sur ma langue. Sans m'en apercevoir, j'ai avaler la neige et était si bonne et sucrée que j'ai tombé en famille toute d'suite. C'est arrivé comme j'te le raconte."

Quand le mari a entendu l'histoire du bébé, y dit à sa femme, "Ma femme, j'ai vraiment d'la chance parce que je sais maintenant que l'Bon Dieu m'aime parce qu'Il m'a donné un héritier qui, avec la grâce de Dieu, grandira pour devenir un beau et gentil homme." Et pis, rien n'a été dit après, mais le mari ne crèyait pas l'histoire de sa femme dans son coeur. L'enfant grandit en bonne santé. Le marchand, lui, passait son temps à faire du boudin tellement y pensait à c't'histoire-là. À force de bouder, yé dev'nu si enragé qu'y pensait comment y pouvait se débarrasser de c't'enfant-là. Après toute, c'était un bâtard. Enfin, quand le garçon a eu quinze ans, le mari, qui avait encore une crotte sur l'coeur, y dit à sa femme, "Femme ne soit pas triste parce que demain je pars sur un autre voyage. Mets mon butin dans la poche à voyager parce qu'y faut que j'me lève de bonne heure demain matin. Mets le butin de ton gars dedans itou parce que je l'apporte avec moé. Veux-tu savoir pourquoi? J'vais t'l'dire. Parce que j'veux qu'y apprennne ma *business* alors qu'y est encore jeune. Tu doué savoir que si un homme est faite pour son métier, y doué mettre son coeur dedans et travailler fort avant qu'y passe la fleur de l'âge." Vous savez vous autres, le plein de sa jeunesse.

"Mari," lui répond la femme, "je voudrais ben que mon fils n'aye pas avec toé. Mais, puisque c'est ton désir, y'a rien que j'peux dire pour t'empêcher." Le lendemain matin, le marchand s'est préparé pour partir. Y n'avait aucun tracas pour sa *business*. La femme, elle, ètait pas du tout heureuse de voir son fils partir, peut-être pour jamais r'venir.

Ben, l'homme a am'né le garçon en Italie. Faut crère qu'y restait en France et l'homme connaissait ben l'Italie. Le marchand ensuite l'amena à *Genoa*, une ville que j'connais pas. Je sais même pas comment dire le nom en français. La jeune Perreault le savait pas non plus. Et ben, l'homme et le garçon ont pris une chambre dans un hôtel à quelque part, et c'est là que l'homme a vendu le gars à un autre homme qui voulait apporter le gars à Alexandrie. C'est une grosse ville en Égypte, la jeune Perreault m'a dit. Y voulait l'apporter là-bas pour le vendre au marché des esclâves. Ben dans c'temps-là on ach'tait pis on vendait des esclâves. Quand l'homme a eu fini ses affaires, y'é parti pour chez eux.

Arrivé à maison, sa femmme a ben vu que son garçon était pas avec lui. A commencé à pleurer et à pardre connaissance. Une fois rendue à elle-même avec toute sa connaissance, a prié son mari de lui dire qu'est-ce qui était arrivé à son fils. Ben, ètait remplie de tracas pour lui, et ça lui faisait ben mal au coeur. Le mari qui avait la parole facile, y dit, "Femme, tout l'monde doit se résigner aux mals de c'monde. Donne-toé pas à ta douleur. J'vas t'dire qu'est-ce qui est arrivé. Y faisait ben chaud dans l'pays où on était parce que c'était l'été. Ton garçon pis moé, on est allé prendre une marche sur une côte à pic où les rayons du soleil plongeaient sur nos têtes. C'ta marche-là nous a coûté cher, j'te l'dis. Y faisait tellement chaud que l'garçon a fondu à parte de vue. Ça m'a pas surpris pantoute parce que, comme tu l'sais, y'était faite de neige." C'est là que la femme a compris que son mari lui avait joué un tour. Y s'était r'vengé.

Moé, j'ai trouvé c't'histoire-là ben drôle mais en même temps un peu triste. Y savait raconter des histoires dans c'temps-là, j'm'en aparçois. Moé qui est une raconteuse, je reconnais ben les bonnes histoires. Pensez-y, un bébé faite de neige qui, plus tard, fond au soleil. Ça ben du bon sens. Ça fait que c'est une mentrie sur une autre mentrie. La jeune Perreault m'a dit que les fabliaux comme celui-là, c'était pour faire rire les gens dans c'temps-là. Ben, ça fait rire les gens de notre temps itou. Ça, on peut appeler ça d'la tradition populaire. Chus pas domme, vous savez. J'peux en apprendre des choses. Avant que j'oublie de vous dire le nom de l'histoire, la jeune Perreault m'a dit qu'a s'appelle, "L'Enfant Qui Fu Remis au Soleil." Ça ben du bon sens.

La p'tite Perreault m'en a raconté d'autres histoires comme ça, pis j'ai ri tellement que j'ai commencé à péter. J'arrêtais pas d'y dire, "Arrête avec tes histoires parce que ça m'donne mal au ventre tellement que j'ris." J'riais pis j'riais et pouvais pas m'arrêter. A finissait pas de m'raconter ses histoires. Des ben bonnes itou. Le monde au Moyen Âge devait avoir un ben bon sens d'humour pour créer des histoires comme ça, j'vous l'dis. Après avoir écouté un tas d'histoires de fabliaux que la jeune Perreault me racontait, j'me mis à avoir le fou rire et j'arrêtais pas de rire. Ça m'faisait mal partout dans l'corps. Pis, tout à coup j'ai pissé dans mes culottes. J'm'ai laissée aller faut crère. Pas de r'tient ben. "Arrête, arrête," j'y disais mais a continuait quand même. Après que j'me chus calmé un peu, la jeune Perreault m'a dit, "Excusez-moi, Madame Brindamour, mais j'voulais voir comment les gens du Moyen Âge réagissaient au fabliaux, et c'est en vous r'gardant rire à pleine bouffée que j'me rends compte que c'était pas beaucoup plus différent dans c'temps-là que c'est aujourd'hui. Les gens sont les gens. Le rire c'est contagieux et ça fait partie de nous autres les humains." J'ai ben vu que la jeune fille faisait ben du bon sens et qu'a savait comparer les choses, les choses de l'ancien temps et ceusses de notre temps à nous autres. A faisait du beau travail, j'lui ai dit.

Et ben j'vais vous raconter une des histoires qui m'a fait tant rire. A s'appelle "Brunain, la Vache au Prêtre." Dans c'temps-là y'avait des paysans en masse. Vous savez, des gens pauvres comme y'en a aujourd'hui. Y restaient sur des terres qui leur appartenaient pas, m'a dit la jeune fille. On sait ben, comme aujourd'hui y'avait des prêtres et on s'plaisait de rire d'eux-autres. Pas pour leur faire du tort, mais simplement pour rire de leur tendance, parfois, à être un peu trop crédules, comme le disait ma mére. Et pas simplement crédules mais aussi avares. A n'en savait des mots, ma mére, des mots d'l'école parce qu'avait été ècole au Canada jusqu'à l'âge de seize ans, et a voulait devenir une maîtresse d'école. Ben, ça pas marché son affaire. A s'est mariée pis a eu des enfants, et son affaire d'école, ça tombé à l'eau.

Un jour, un paysan et sa femme vont à l'église pour prier parce que c'était la fête d'la Sainte Vierge. Avant la messe, le prêtre est allé en chaire pour prêcher un sarmon. C'est drôle parce qu'aujourd'hui les prêtres font le sarmon après l'évangile. Faut crère que les choses dans l'église ont changé depu's c'temps-là. Y'a dit au peuple assis que c'était ben mieux de donner pour l'amour du Bon Dieu parce que celui qui donne de son coeur recevra le double.

"Écoute qu'ossé le prêtre nous a promis, ma chère," a dit le mari à sa femme, "que celui qui donne de bon coeur pour l'amour de Dieu, le Bon Dieu va augmenter sa richesse." "Mais on est pas riche," y dit sa femme. "Oui, on est riche parce qu'on a peu de besoins." Y continuait à parler à sa femme en lui disant, "Qu'en penses-tu si on donnait notre vache au prêtre pour l'amour de Dieu. D'abord, a donne si peu de lait." "Mari" lui dit la femme, "si c'est comme ça que tu penses, chus ben consentente à y donner la vache."

Le paysan va dans sa grange et pis y prend sa vache par son att'lage et va la donner au prêtre qui était rusé comme un r'nard. "Bon pére," dit le paysan les mains jointes, "pour l'amour de Dieu je vous donne Blerain." Y place l'att'lage dans la main du prêtre et lui jure qu'y a rien de plusse en sa possession. La vache était la seule possession de l'homme pis la femme. "Mon ami, tu as agi comme y faut," lui dit le prêtre. Son nom était Don Constant, et y'était toujours prêt à prendre toute. "Asteure, vas-t'en. Tu as faite une bonne chose. Si toutes mes paroissiens faisaient la même chose, j'aurais don' en masse de vaches et de veaux."

L'homme quitte le prêtre et le prêtre donne des ordres d'attacher la vache, Blerain, avec sa grosse vache à lui qui s'appelle Brunain afin de l'apprivoiser. Faut crère qu'était un peu savage, sa vache. Le sarvant prend la vache Blerain pis y la met avec Brunain dans le jardin du prêtre. La vache du prêtre baisse la tête parce qu'a voulait brouter(c'est comme ça que mon grand-pére appelait ça), mais Blerain voulait pas de ça. Au lieu de baisser la tête, Blerain tirait si fort sur la corde qu'a a entrainé Brunain avec elle hors du jardin. A l'a passé les maisons pis les champs où a l'avait déjà resté pour s'en aller à sa place à elle tirant tout l'long l'autre vache. L'autre vache aimait pas ben ben ça être conduite si loin.

Lorsque le paysan a vu sa vache, son coeur était rempli de joie. "Ah, chère femme, vraiment Dieu nous a r'doublé. Blerain est r'venue et a apporté avec elle une grosse vache brune. Asteure nous en avons deux pour une."

J'aime c't'histoire-là parce que ça m'a faite tellement rire. Peut-être vous trouvez pas ça drôle vous-autres mais moé j'la trouve drôle. Pensez-y, un prêtre qui s'fait joué l'tour parce qu'était trop avare. Y'avait l'tour de prendre avantage de ses paroissiens en leur disant que c'était l'Bon Dieu qui voulait c'que le prêtre voulait. Tant pis pour lui.

La p'tite Perreault m'en a raconté ben d'autres histoires comme celle du jongleur de Notre-Dame. Un jongleur c'est que'qu'un qui tire des boules en l'air et les attrape une par une tout en les faisant sauter en l'air. Mais icitte le jongleur c'est que'qu'un qui saute en l'air comme un acrobate. Alors, c'est l'histoire d'un jeune homme qui est tellement pauvre qu'y a rien à lui et il se réfugie dans un monastère. Y sait pas prier et n'a rien à offrir à la Vierge excepté le jeu de sauter en l'air. J'vous dirai pas toute l'histoire parce que vous pourrez la lire pour vous-mêmes. Une autre histoire est celle d'Aucassin et Nicolette, deux jeunes amoureux. Une ben belle histoire. Encore une autre, c'est celle d'un chien qui s'appelle Estula.

Y'avait une fois deux frères qui vivaient ensemble mais qui n'avaient aucune parenté. Leurs parents étaient morts jeunes. Les deux frères étaient pauvres, ben ben pauvres. Y souffraient d'la faim, d'la soif et du frette. Près de leur maison vivait un homme qu'on disait y'avait beaucoup d'argent. Y'avait itou un grand verger, un champ de choux et une étable où y'avait des moutons. Un des frères prend un sac et l'autre un couteau. Rendus à la terre de l'homme riche, l'un se dirige vers le champ d'choux et l'autre vers l'étable pour choisir un mouton.

Dans la maison de l'homme riche on entend du train dehors pis l'homme dit à son fils, "Vas voir si le chien d'garde est là." Le chien s'appelait Estula. Heureusement pour les deux voleurs, le chien était pas dans la cour. Le fils ouvre la porte d'la maison et crie, "Estula! Estula!" Le voleur qui était dans l'étable crie à son tour, "Oui, vraiment chus là." Y faisait tellement noir cette nuite-là que c'était impossible de voir qui avait crié. Alors, en lui-même, le fils a cru que c'était le chien qui lui avait répondu. Y'était tellement surpris et un peu chien culotte qu'y rentre dans maison et dit à son pére que l'chien parlait. "Qui? Notre chien à nous autres?" "Oui, notre chien." "Si vous me crèyez pas, allez dans cour et app'lez-le." Alors le pére va dans cour et commence a crier, "Estula! Estula! " Le voleur répond, "Ben oui, chus là."

Le pére court à maison et dit à son fils toute essouflé, "Jamais dans ma vie j'ai entendu de pareille chose. Un chien qui parle. Vas charcher l'prêtre et dis-lui d'apporter son étole et d'l'eau bénite." Le fils va charcher le prêtre et lui dit, "Y'a eu une merveille chez nous. Venez vite." "T'es complètement fou si tu penses que j'vas aller s'a terre nu-pieds." "Et ben, si vous v'nez j'vous porterai sur mes épaules." Les voilà partis en route, le prêtre sur les épaules du gars. Y prennent le ch'min le plus court qui mène au champ des choux et voilà que le voleur des choux aperçoit le prêtre sur les épaules du gars, et le prêtre porte un surplis blanc. Y s'imagine que c'est son ami qui porte c'qui a volé sur ses épaules. Y'é toute content. Y crie, "Apportes-tu que'que chose?" Le fils cré que c'est son pére qui lui parle et lui dit, "Oui, Oui." "Vite, Vite. Jette-le à terre pis j'vas y couper l'cou." Le prêtre entend c'qui dit et pense qu'on l'a trahi. Y saute à terre et commence à courir à pleine épouvante. Y'accroche son surplis sur une des branches et le laisse là accroché. Le voleur avec son sac de choux est toute surpris de ce qui s'passe. Le prêtre s'est sauvé et le fils s'est sauvé lui itou. Le deuxième frére, chargé d'un mouton sur ses épaules, dit à l'autre frére qu'ils ont sans doute faite une bonne corvée. Y s'en vont chez eux contents parce qu'asteure y'auront p'us faim.

J'aime ben c't'histoire-là parce que c'est don' ben faite, astucieux comme le dirait mon pére(mon pére avait toujours le bon mot pour toute). Nommer un chien Estula, c'est don' drôle parce ça montre que les raconteurs de c'temps-là savaient arranger les choses pour faire rire les gens. En tout cas, moé j'trouve ça astucieux. Faut ben crère que les gens du Moyen Âge avait de l'esprit, comme le dirait mémère Desruisseaux.

Pour finir la longue filée d'histoires que la p'tite Perreault m'a racontées, y faudrait pas manquer d'en dire une qui se rapporte au renard. Y'a toute une histoire, le renard au Moyen Âge avec les fabliaux. La jeune Perreault me l'a toute expliquée comment le renard a pris son nom. Dans l'temps, les farmiers voulaient pas prononcer le nom de cet animal qui était "goupil" parce qu'y avaient peur pour leurs poules et les autres animals. Alors, on usait le nom dans les histoires qui racontent les aventures du r'nard: Renard. Depu's c't'temps on appelle cet animal un r'nard. Dans les histoires de Renard, on parle de toutes sortes d'aventures de cet animal-là. Y'é ben ben *wise* c'te renard-là. "Rusé," disait la p'tite Perreault. Renard joue des tours à tout l'monde, et des fois y s'en fait joué. Rusé comme un r'nard, on dit. Itou, les histoires de Renard sont toutes des histoires d'animals. Mais, y'agissent comme des parsonnes, parlent comme des parsonnes et pensent comme eux-autres. C'est pour rire de cartaines parsonnes, me dit la jeune Perreault. Ces animals représentent les vices et les folies de certaines gens de c'temps-là, m'a dit la jeune Perreault. D'ailleurs, c'est comme aujourd'hui avec nos gens. Le monde, ça change pas vous allez m'dire. Oui, ça change pas. On est tous humains de bord en bord.

Et ben, la v'là. C'est l'histoire de "Comment Renard Fit Pêcher les Anguilles à Ysengrin." D'abord, Ysengrin est un loup, le chum à Renard, mais c'est un mauvais ami. Toujours pris avec lui. C'était l'hiver et les riviéres et les étangs étaient g'lés raide. Pas moyen de pêcher pour Ysengrin. Mais, y'a un trou dans glace que des hommes avaient faite pour faire bouére leur bétail.

Y'avait aussi un seau qui était resté là. Voici qu'arrive le r'nard. Y dit à son chum, Ysengrin, "Viens par icitte. Y'a toutes sortes de poissons, des anguilles, d'la barbotte, et d'autres. Y sont toutes bons et beaux." Ysengrin y répond, " Renard, prends le seau d'un côté et attache-le ben à ma queue pour pas qu'a s'détache." Renard prend le seau et l'attache à la queue du loup le mieux qu'possible. "Loup," dit-il, "reste là ben sage pour les poissons s'approchent." Renard s'cache darrière les branches et place son museau entre ses pattes pour voir ce que va faire son chum.

Ysengrin est sur l'étang glacé, le seau dans le *fishpond* (a l'appela ça un vivier, la jeune Perreault), pleins de glaçons. L'eau commence à geler et à entourer le seau qui était attaché à la queue. La queue qui était entourée par l'eau est maintenant g'lée dans glace. Le loup essaye de se soul'ver et pense lever le seau; c'est en vain et bientôt y sait pas quoi faire. Il appelle Renard et y dit qu'il ne peut pas rester là parce que le jour se lève. Renard dresse la tête et y dit, "Laissons notre ouvrage et allons-nous-en." Mais Ysengrin peut pas s'grouiller. Y'é pris dans glace.

La nuit passe et les ch'mins sont couverts de neige. Un Monsieur Constant, un homme ben à l'aise qui restait au bord de l'étang, se réveille lui et sa famille et s'met prêt pour sortir. Il appelle ses chiens pis attelle son ch'val, et part. À grands cris, y s'met sur la route. Renard l'entend pis prend fuite. Y laisse Ysengrin toute seul. Pauvre Ysengrin tire et tire mais y peut pas se dégager de d'là. S'il veut partir y faudra y laisser sa queue.

Le monsieur Constant arrive pis laisse aller ses chiens. Les chiens attaquent Ysengrin, le loup, pis Ysengrin se défend le mieux qu'y peut. Le monsieur Constant y va avec son gros couteau et essaye de frapper la tête du loup, mais y manque son coup et frappe plus bas et pis coupe la queue d'la bête. Ysengrin saute et prend fuite. Y s'dit qu'y prendra sa vengeance sur Renard aussitôt qu'y pourra. Ça finit l'histoire. J'l'ai racontée le mieux que j'pouvais m'en rappeler. Des fois, la mémoire me manque vous savez.

Ça, c'est une des histoires dans la série sur Renard. Y'en a ben d'autres, m'a dit la p'tite Perreault. Est ben smatte c'tal-là. A va faire son ch'min dans vie. Oui, ben ben smatte. Moé, j'ai ben aimé les histoires qu'a m'a dit, et faut crére qu'a l'a ben aimé les miennes. Vous savez, avec le temps, j'ai réalisé que moé itou j'pourrais faire des comparaisons avec ses histoires à elle et les miennes. Y'en a qui se r'ssemblent comme celle de la vieille fille qui s'marie et celle du bébé de neige, j'pense. En tout cas, j'ai ben ri avec elle, la p'tite Perreault. J'l'appelle la p'tite Perreault, mais est pas p'tite. C'est une grande fille du collége, après tout.

4.

La raconteuse et la dernière de ses histoires

Avant que j'passe la parole à mon mari, j'vas vous raconter une autre histoire des miennes. C'est la darniére, j'vous l'assure. Après toute, j'veux pas vous tanner avec ça. Un jour, y'avait un homme pis une femme qui voulaient s'marier mais les parents n'en voulaient pas de lui. Y l'aimaient pas, pis c'est toute. Leur fille l'aimait, elle. A l'aimait assez pour passer le restant de ses jours avec lui, a leur avait dit. Pauvre p'tit gars, y savait pas quoi faire. Y voulait plaire à sa blonde et pas déplaire aux parents, Monsieur et Madame Sigismond Laroche. Y savait pas comment avoir la fille pis gagner les parents de son côté. Y'en mangeait-tu d'la marde de ses proposés beaux-parents. Y l'insultaient et l'appelaient toutes sortes de noms même devant la fille comme, les fesses manquées parce qu'y avait pas d'fesses pour dire. Ses culottes tombaient plates sur lui. Y l'appelaient itou baloune de béloné parce qu'était rond comme un p'tit cor, un bédonneux pas d'fesses. Un autre nom, c'était le p'tit morveux à St-Michel parce que son nom était Hervé St-Michel. Y l'avaient connu quand y'était p'tit garçon toujours la morve au nez. Y s'mouchait jamais. Faut crère que sa mére y avait pas montré. Par dessus l'marché, les Laroche s'accordaient pas avec les St-Michel, Ethel et

Maurice. Y'avait pas de maniére à s'accorder là-d'dans. Comment la fille et le garçon sont mis à sortir ensemble pis s'amouracher, on l'savait pas. C'était un mystère, Madame Paradis, la voisine, disait. Deux parsonnes de deux différentes maniéres d'él'ver les enfants. Les St-Michel en avaient huit et les Laroche en avaient onze. Les p'tits Laroche étaient toutes ben polis et propres sur eux-mêmes et sur leur butin. Madame Laroche, c'était une femme ben ben propre. A l'endurait pas la sal'té ni le désordre dans maison. Ètait tellement propre qu'a faisait déchausser son mari et ses enfants avant d'entrer dans sa maison, l'été comme l'hiver. La St-Michel, elle, était juste le contraire. A s'foutait ben que ça seye net ou pas. Y'en a qui disait qu'a vivait avec sa crasse. Une chose, a faisait du bon manger. Du *fudge*, des concombres salés, d'la tarte à farlouche, du ketchup vert, des bons gâteaux aux raisins ou un *cake* blanc avec des noix, et a mettait d'la crème fouettée là-d'ssus. Y mangeaient ben les St-Michel, tout l'monde le savait comme tout l'monde savait qu'y'étaient pas trop trop propres. Souvent les soeurs renvoyaient les enfants à maison parce qu'y'avaient des poux. Y s'grattaient la tête tout l'temps. Les soeurs avaient dédain d'eux-autres quand ben même elles ne le disaient pas. On l'voyait par leur expression dans face. Toute le monde avait dédain des St-Michel s'a côte.

Pour en r'venir aux jeunes gens, Hervé et Laurette, a s'appelait Laurette-Marie mais on l'appelait seulement Laurette. A voulait pas s'faire appeler Laurette-Marie. "C'est trop canuck," a disait. Ètait belle, Laurette, ben proportionnée et ben attriquée, tout l'temps. Quant à Hervé, y'faisait pas trop belle figure pour un jeune homme, fesses plates, un gros bedon, pis des mains bouffies avec des p'tits doigts. Par contre, y'avait une ben belle face, rougeaud, les yeux clairs, et des ch'feux blonds avec des belles *waves*. Laurette l'aimait comme ça. Y'était plaisant et y'avait toujours un beau sourire s'é lèvres. Jamais un mot de travers de sa bouche. Y'était poli quand y faullait et, avec le temps, y'avait appris a se r'nipper. Y s'ach'tait du butin qui lui faisait ben parce que Laurette y aidait à l'acheter. Était ben particuliére, Laurette.

Ça fait que Hervé s'est mis à faire d'la belle façon aux Laroche, surtout Madame Laroche. Au commencement Madame Laroche était soupçonneuse, comme le disait ma grand-mére. A voulait pas crère qu'Hervé était si fin. Madame Laroche était une femme qui s'troussait le boute du nez si a voulait pas entendre ce qui lui déplaisait. Était souvent déplaisante à sa maniére. Était une bonne mére et une bonne épouse, mais avait ses p'tits défauts. Quant à Monsieur Laroche, y s'bâdrait pas d'Hervé.

Avec le temps, Madame Laroche a commencé à aimer les belles façons que lui faisait Hervé. Y la dodichait, y lui ach'tait toutes sortes de choses, et la faisait sentir spéciale. Un jour, il lui apporte des belles roses rouges et lui dit que les roses rouges ça veut dire l'amour. Avait presque pardu connaissance tellement a en pleurait de joie. Ça pas prit longtemps qu'est dev'nue fort attaché à lui. Pas comme un futur gendre mais plutôt comme un amoureux. Pensez-y, une amoureuse du *boyfriend* de sa fille. Tout l'temps, Laurette pensait ben que son cavalier faisait d'la belle façon à sa mére juste pour qu'elle approuve de leurs noces. Pensez-y. Ç'a-tu du bon sens?

Et ben, ça pas prit trop d'temps que l'monde s'apercevait qu'est-ce qui s'passait avec les Laroche et les St-Michel. Scandale, disaient les uns, maudite cochonnerie disaient les autres. La St-Michel a été voir Monsieur Laroche pour y dire qu'ossé qu'a pensait de ça. Sigismond Laroche lui dit qui la crèyait pas. A lui a répondu, "Ouvrez vos yeux! Tout l'monde le sait." Et ben, Monsieur Laroche approche sa femme pour y d'mander si c'était vrai ou non à propos d'elle et d'Hervé St-Michel. A lui a dit qu'a s'cachait pas. Qu'a l'aimait Hervé et pouvait pas s'passer de lui. Monsieur Laroche est venu rouge comme une bette et a fini par exploder et lui chanter des bêtises. C'te soir-là, Madame Sigismond Laroche est sortie d'la maison pour jamais y rev'nir. Sa fille Laurette a pleuré comme une vache pour des s'maines de temps. Son pére pouvait pas la consoler et Laurette pouvait pas consoler son pére tant y avait eu d'la chamaille dans ces deux familles-là à cause d'Hervé qui voulait faire d'la belle façon à sa future belle-mére. La morale de c't'histoire: Méfiez-vous des belles-méres qui s'amourachent des jeunes gars. Ha! Ha! Ha!

Et ben, j'en ai dit assez. J'ai conté des histoires pour vous faire rire et vous faire penser un peu. J'les ai toutes conservées dans ma tête et dans mon coeur pendant des années. Y viennent toutes d'un peu partout. Ma grand-mére était une raconteuse et mon pére était un raconteur itou, alors j'ai d'quoi à r'tenir ne diriez-vous pas? C'est ben l'temps que j'les passe à quelqu'un d'autre. Mais qui?

5.

Le raconteur et la grivoiserie

C'est ben l'temps de passer la parole à mon mari, Ti-Nase. Comme le dirait ma grand-mére, de céder la parole à que'qu'un. Avait les beaux et bons mots, ma grand-mére. Oui, Ti-Nase sait comment dire des histoires lui aussi. J'sais pas si y'est un raconteur pure-laine comme l'était mon pére, mais y fait ben les choses en tant que raconter ses histoires à lui. Je l'vois au coin d'l'oeil m'disant avec ses gros yeux noirs que c'est l'temps que j'arrête de parler et lui céder la parole.

Arrête pas de parler, ma femme. Comme vous l'savez, a l'aime à parler. Moé, j'l'a connais plusse que vous autres. J'reste avec elle, vous savez. J'doué admettre qu'a sait ben raconter des histoires et a n'en sait des centaines. J'sais pas comment a fait pour toutes les garder dans sa tête. Est pas mal intelligente, ma femme. Pas intelligente d'école mais intelligente d'apprendre par elle-même. A t'sort ça une après l'autre sans manquer sa toune, comme le dirait le joueur de piano au Club Rimmon. C'est là que j'vas à toutes les vendredis soirs. Ben pour bouére ma biére, prendre un p'tit coup d'whiskey et jouer aux cartes. Des fois, j'gagne d'l'argent. Que'ques piastres, mais j'perds plus souvent que j'gagne. Je l'dis pas à ma femme parce qu'à m'shoot'rait. Est mauvaise des fois, ma femme. A l'aime pas le *gambling* parce qu'a dit que c'est l'jeu du guiâbe. A s'rappelle trop ben comment d'hommes pardaient leurs payes après l'ouvrage le vendredi soir juste à gambler. Y'arrivaient à maison les poches vides et leurs femmes pleuraient parce qu'y avait rien à manger dans maison. Moé, chus pas un gros gambleux. J'risque pas grand'chose. Une couple de piastres, c'est toute. J'sais quand arrêter. Comme j'sais quand arrêter d'bouére. Ben, à cause des enfants.

Puisque ma femme m'a passé la parole, j'vas vous dire que moé itou j'sais raconter des histoires. Chus pas gnochon. Y'en a qui crèyent que j'sais rien et que j'ai aucun talent pour raconter des histoires. Qui aillent chier. Ça m'fait enrager quand y disent que j'sais pas dire des histoires. Y connaissent rien. Du moins y m'connaissent pas. Ma femme m'connaît, elle, mais a m'connaît pas comme moé j'me connais. A pense qu'a m'connaît, mais a m'connaît pas à fond. J'connais des choses qu'a connaît pas comme des histoires racontées par les vieux du Canada. J'veux dire les vieux habitants, ceusses qui supportaient une famille de douze et dix-huit enfants, et on sait ben, la femme. Ces vieux-là en savaient des histoires. Des histoires vraies pis des histoires qu'on s'passait de génération en génération d'hommes. Des histoires cochonnes, des fois, c'que ma femme appelle grivoises. Grivoise, c'est un mot des gens qui s'disent éduqués et qui veulent pas dire cochonne. Y'ont peur de s'faire appeler paysans. J'ai r'gardé le mot dans le P'tit Larousse et pis j'ai lu, "Qui est d'une gaieté un peu trop hardie." Qu'ossé qu'ça veut dire "trop hardie?" C'est pas la même chose que cochonne, pantoute. Les gens qui usent "grivoise" sont des parsonnes qu'on appelle délicates. Moé, j'ai pas peur de raconter des histoires pas cochonnes, pour pas offenser Monsieur l'curé et les femmes, mais un peu cru, comme le dirait Ti-Jos Lantagne de Woonsocket. Lui en savait des histoires cochonnes pis y'avait pas peur d'le dire. À parsonne, homme ou femme. Les femmes sortaient d'la salle quand Ti-Jos contait ses histoires, pis nous autres on riaient. Après toute, c'était des histoires qui parlent des parties du corps, surtout d'en bas, pis tout l'monde en a, mais refuse d'en parler. On sait ben y'a la partie d'en haut d'une femme, mais ça, toutes les femmes y'en ont, p'tits jos ou gros jos. C'est Madame Laprise de Goffstown qui était insultée raide quand a entendait dire c'mot-là. A disait, c'est pas des jos mais un sein. Qu'a dise c'qu'a veut, nous autres les hommes de souche canayenne d'en bas du fleuve, on dit "jos." Au moins, ceusses que j'connais.

Ben écoutez-moé. J'vas vous raconter une p'tite histoire d'un homme qui aimait pas les femmes. Pas parce qu'était un homme aux hommes(vous savez c'que j'veux dire), mais parce que les femmes le bâdraient don'. J'sais pas pourquoi. Y'avait qu'que chose de travers c'gars-là. Pas aimer les femmes? Si seulement pour leur faire d'l'amour? Y s'app'lait Amable Petitpain. Faut crère que le bonhomme Petitpain avait jamais faite l'amour. Pourtant, l'amour c'est dû à tout l'monde. Même Jésus-Christ a dit "Aimez-vous les uns les autres." Ça, c'est dans Bible, je l'sais. J'comprends ce que le Christ a dit c'est pas exactement la même chose que faire l'amour avec une femme. Je l'sais ben. Mais l'amour, c'est l'amour quant à moé. En tout cas, le bonhomme Petitpain aimait pas les femmes.

Un jour, le grand faluette à Petitpain s'trouve assis dans un salon mortuaire parce que son plus grand chum venait d'mourir, et on l'exposait au salon. Y'aimait pas ben ben ces choises-là, les salons mortuaires, les enterrements pis le monde qui y allaient. Surtout, y'aimait pas les grosses femmes qui s'mettaient devant les autres pour mieux voir et pour s'faire voir. Pis, elles avaient l'habitude de parler des heures de temps sans rien dire. Ben, cette fois-citte, y'a une grosse femme, j'veux dire une saprée grosse femme, qui vient s'braquer devant lui, pis à grouille pas de d'là. Y la tappe sur le gros fessier de taffeta noir et y dit , "R'cule ton cul devant ma face, grosse patapouffe." Choquée noire raide, la femme y donne une grosse claque drette dans face. Ça péter, "paffe!" Calvenusse, ça doué lui avoir faite mal. Y'a pas grouillé de sa chaise, l'bonhomme, mais y s'tortillait les jambes à force qu'était en calvaire avec elle. Y'a jamais su non nom à c't'a femme-là, mais y la prenait don' en aversion. Pouvait pas la sentir chaque fois y la rencontrait. Y s'éloignait d'elle. Y croisait même la rue quand y la voyait v'nir. Ça, ç'en est une qui aimait pas.

Une autre fois, voilà le beau mouène à Petitpain qui descend en ville pour ach'ter du poisson au store à McLellan s'a Main. Y rencontre-tu pas une autre femme que les gens app'laient la Corriveau. Non, c'était pas la Corriveau des histoires du Québec. C't'a Corriveau-là était marié avec Rodolphe Corriveau de l'Abitibi. C'était du gros monde de la souche de bûcherons. Y mangeaient des gros r'pas assez pour faire mourir les vaches. Les vaches ont deux estomacs, vous savez. Et ben, l'homme et la femme Corriveau s'en allaient aux noces d'Edouard Pellerin et d'Edwige Morrisette la s'maine d'ensuite. Vous les connaissez, j'en chus sûr. Edouard v'nait de la Beauce et y'a rencontré Rodolphe au moulin à Lowell. La femme de Rodolphe a faite acconnaître Edouard à sa cousine Edwige qui restait tout près du presbytère s'a Birch. Et ben, avec le temps les deux ont commencé à sortir ensemble pis y'allaient s'marier.

Le bonhomme Petitpain peut pas manquer de voir la Corriveau qu'elle itou s'en allait au store McLellan. Y la connaissait un peu comme ça, mais pas assez pour y parler. D'ailleurs, y pouvait pas la sentir dep'us qu'a lui avait faite des grossièretés en l'appelant toutes sortes de noms parce que l'bonhomme aimait pas les femmes. Ça fait que la Corriveau s'braque devant le bonhomme Petitpain même si y'était arrivé avant elle. Était comme ça la Corriveau, un peu fantasse et sans gêne. A faisait ça avec tout l'monde surtout les hommes parce qu'a pensait que les hommes devaient aux femmes la politesse de les laisser passer en avant. Tout comme èglise, l'homme sort du banc pour laisser madame s'assir, et y sort pour la laisser passer devant. La même chose pour les stores, l'homme doit laisser madame passer avant lui pour faire ses achats. C'est comme ça que les choses marchaient dans les cantons des Canayens, et même une fois transplantés aux États. Les belles maniéres des gens des cantons disparaissent pas même une fois rendues aux États. Après toute, c'est des P'tits Canadas. disait la

Corriveau comme presque toutes les femmes. On disait pour attraper une fille, surtout une belle Canayenne, y faut avoir des belles maniéres. Les soeurs apprenaient ça à l'école. Mais, le bonhomme Petitpain avait jamais été à l'école des soeurs. Y'était allé que deux ans à l'école de campagne. C'est toute. Sa maman y'avait pas montré comment rencontrer les femmes et leur faire des politesses. Quant à son pére, le vieux maudit, y savait seulement des grossièretés. Sa femme y donnait souvent sa façon d'penser. Comme ça, Amable Petitpain a jamais appris à ben traiter les femmes. Y les insultait pas ni leur donnait du temps dur, mais y'avait les femmes en aversion toute sa vie. On n'sait pas pourquoi. Un peu comme son pére, j'croirais, un peu détestable, marabout, et pis la caboche dur.

Pour en r'venir à mon histoire avec Amable Petitpain et la Corriveau, y m'a dit plus tard qu'avait passé devant les autres et l'avait poussé avec son coude sans faire attention à lui si y'était pressé ou non. "A voulait être la premiére," y m'dit, "pis a s'est mis à parler avec le commis sans vraiment y dire rien de son ordre. La crisse! J'aurais pu l'étamper là, la maudite." Faut crère que Petitpain en avait eu assez d'elle. Y la pousse à son tour pis y orde son poisson. A l'r'garde avec des yeux enragés. "Monsieur,"a lui dit, "j'étais au mileu d'une conversation avec le commis." "Madame" y dit-il, "la conversation est terminée." Y d'mande au commis de voir le poisson qu'y avait ordé, le prend par la queue et y flanque le poisson drette sur les jos de la Corriveau. "Qu'ien," dit-il, "Fourre-toé-le dans l'cul. Ça va peut-être boucher toutes les trous dans toé." Le poisson a resté là sur elle parce qu'avait une bonne tablette, la Corriveau. A restée si surprise qu'a lâché un cri d'mort. Tout l'monde dans l'store en crèyait pas d'leurs yeux et de leurs oreilles. Y sont mis à rire en se r'tournant la tête. Là, ètait enragée, humiliée d'être prise par de telles paroles crues et rudes. A pris l'poisson pis a l'a tiré en l'air et y'a landé sur la tête de la sarvante du curé. Y faut crère que Monsieur l'curé l'a su, ç'a pas pris d'temps. La Corriveau a jamais r'mis les pieds dans l'store, pis a changé d'église. Moé, j'dis que le bonhomme Petitpain a eu sa r'vengeance sur les femmes c't'a journée-là. Y s'est jamais marié. J'sais pas si y'aime pas les femmes même asteure. Le bonhomme Petitpain, c'est une parsonne dure à cuire. Y sait pas c'qui manque dans sa vie.

Ma femme laisse de côté les sacres et les blaphémes quand a raconte ses histoires. A dit que c'est trop cru ces choses-là. Trop cru, *my eye*! C'est pas cru, c'est plutôt frais et ravigotant, moé, j'dis. C'est comme ça que les hommes parlent. Des femmes itou des fois. En tout cas, Solfège aime pas que j'raconte des histoires comme ça. J'veux dire des histoires comme la Corriveau et le bonhomme Petitpain. Ça lui agace la sensibilité, a m'dit. La sensibilité? Est peut-être trop sensible, ma femme.

Pour prouver à ma femme que moé-tou j'peux être sensible et délicât, j'vas vous raconter une histoire ben acceptable par tout l'monde, même les curés et les gens un peu toqués par leurs maniéres de saint-ni-touche. J'l'ai eue d'un vieux ramancheur de bottines qui restait dans notre village au Canada, à Saint-Liboire. Y ramanchait les bottines pis y racontait des histoires en même temps.

Les gens allaient à sa shop juste pour entendre Monsieur Fafarlain conter des histoires. Pis en même temps, y les attrapait pour faire r'tapper leurs bottines. Des fois, la shop était remplie d'hommes toutes assis alentour du vieux Fafarlain. Les femmes eux-autres restaient pas. Y laissaient leurs souliers et les bottines des enfants pis s'en allaient. Trop d'boucane, y disaient.

Le vieux Fafarlain aimait raconter une fois qu'y avait rencontré dans l'bois(y'avait été bûcheron en Abitibi pendant des années pis ensuite y'é d'venu ramancheur de bottines après que sa femme est morte. Y'avaient mouvés à Saint-Liboire), une bête qui r'connaissait pas pantoute. Une p'tite bête avec du pouèle jaune et noir qui faisait l'tour d'un â'be. Y'avait des gros yeux varts et des griffes après ses pattes. Y'était farouche et s'méfiait des autres bêtes surtout la bête qu' est l'homme(vous savez des fois l'homme est bête. Ben bête.) Et ben, le vieux bûcheron nous a dit qu'y l'avait watché la bête pendant des heures. Y's'avait caché dans des branches et grouillait pas pantoute pour pas épeurer la p'tite bête. Elle allait et rev'nait sans top faire de cas de Fafarlain caché. Après un cartain temps, alors qu'y commençait avoir mal au cou pis aux jambes parce qu'y était écrapoutsi entre un gros â'be et une grosse roche, y s'met à s'étirer une jambe pis, bâtard! y fait craquer une branche sec. La p'tite bête a dressé ses longues oreilles pis a parti épouvantée.

Le lendemain, le bûcheron fait encore la même chose. Y s'cache pis y attend que la p'tite bête se montre. A s'est pas montrée c't'a journée-là. Y'était ben désappointé parce qu'y savait qu'y pouvait pas v'nir à tous les jours à cause de sa job. Y'essayait de r'tourner à son trou dans les branches toutes les fois qu'y pouvait. Y pensait itou que la p'tite bête pourrait peut-être changer de place et s'en aller plus loin. Mais, non. A r'tournait toujours au même endroit.

Un jour, tard dans l'après-midi quand les journées sont plus courtes et que le soleil donne moins en moins sa clarté, Fafarlain attendait la p'tite bête et voilà qu'a apparaît. La bête fouillait dans son trou pis a sortait toutes sortes de choses comme des chaînes en or, des bouttes de crayons, des cartouches, et toutes sortes de choses. Faut crère qu'ètait voleuse. Tout d'un coup, a s'aparçoit que que'qu'un la r'garde. Est pas farouche et a semble pas avoir peur. A l'avait les gros yeux sur lui et a l'r'gardait drette dains yeux. De ses yeux verts sortaient comme des étincelles. Fafarlain savait pas quoi faire. Y voulait pas l'épeurer ni la charrier trop loin. Y l'aimait la p'tite bête. C'était comme à lui. A lui appartenait parce qu'y la surveyait souvent et a semblait être plaisante et abordable. Ètait figée là et Fafarlain lui itou était figé dans ses branches. Toute c'qu'on y voyait c'était ses yeux noirs, des yeux canayens comme y'avait l'habitude de dire.

La p'tite bête regardait le bûcheron tellement dans les yeux que ça semblait comme si il allait tomber endormi. Comme défaite, ses yeux se farment tranquillement et pis y sait p'us où y est. Toute tourne, tourne et tourne pis y s'trouve dans une grande forêt où les bêtes semblent jaser ensemble. Y peut pas comprendre ce qu'y disent mais y sait qu'y parlent. C'est-tu un rêve ou quoi? Pourtant y s'sent éveillé et les yeux claires. Y voit ben et y sent ben les senteurs, et entend ben. Tout à coup, la p'tite bête commence à y parler. "Bienv'nue dans ma forêt à moi." A parlait biiien, la p'tite bête. Pas comme nous autres avec notre accent pis not'e parler de bûcheron. A m'dit qu'a m'comprenait quand même.

Parsonne osait y couper la parole. Pas un seul dans shop. Parsonne grouillait, parsonne voulait dire un mot, excepté un qui a commencé à tousser pis les autres y'ont fait des gros yeux.

À mesure que j'm'sentais sortir de mon engourdissement, la bête me r'gardait plusse en plusse drette dains yeux me forçant à me t'nir tranquille. J'ai jamais senti une pareille sensation. Jamais d'la vie. Et ben pour continuer mon histoire de la forêt d'la p'tite bête, j'y ai d'mandé qu'ossé ça s'appelait c't'a forêt-là. A m'a répondu qu'a s'appelait La Forêt des Premiers Habitants. Ceux qui avaient planté leurs graines dans l'sol. A m'a dit itou que ceusses-là venaient de loin par dessus les longues plaines g'lées. J'me chus dit que ça devait être de ben ben loin. A m'a dit itou qu'y avait des animals qui avaient disparus, comme elle-même, parce que les hommes les avaient toutes tués. Y'en pognaient plusse qu'y en mangeaient, a m'a dit. "C'est pour ça que ma race à moi est disparue." "Mais, comment ça s'fait que moé j'te vois," j'y ai dit. "Parce que c'est une parmission." Avec ça est disparue avec les autres bêtes.

J'me chus réveillé dans les branches quand la brunante commençait à tomber. J'sais pas comment longtemps j'étais là. J'l'ai dit à parsonne. Deux jours plus tard, j'ai retourné à même place dans l'bois et j'ai vu ma p'tite bête creusant dans son trou. A t'sortait toutes sortes de choses mais ce qui m'a frappé c'est les montres de poche qu'a sortait, une par une de son trou. J'me chus dit que pourtant je dormais pas. Que j'étais éveillé. Que c'était en plein jour. La bête continuait à sortir ses montres pis à les piler contre elle. Y'en avait pis y'en avait des montres, des ben belles pis des pas trop belles. Des chers et des cheap. Y'en avait une qui m'a frappé. Une ben belle montre en or avec une p'tite chaîne attachée à l'anneau, pis au boutte, un p'tit soufflette. Pis sur le couvert de la montre y'avait engravé une sorte de grosse flute avec des fleurs alentour. En ouvrant la face de la montre on voyait d'un côté la belle or qui shinait, et de l'autre côté, la face de la montre avec ses chiffres en long. C'était vraiment une belle montre. Pas trop grosse, pas trop pesante. Ç'avait pas d'l'air d'une montre d'homme.

La p'tite bête m'a expliqué que c'était une montre de femme avec un cor de chasseur engravé en or. Les femmes la portaient plusse par parure que pour l'heure. A pendait par une chaîne en or de leur blouson en dentelle. Les montres des hommes, c'est pour dire l'heure et dire aux autres quoi faire et quand le faire. Toujours à l'heure. Faut toujours être à l'heure. Tout marche avec l'heure, les trains, les moulins, les boutiques, les églises, les couvents, les magasins, les bûcherons, les patrons, et tous les travaillants, et c'est comme ça à n'en plus finir. L'homme et la femme sont réglés par l'heure, et ils sont devenus esclaves de l'heure, a m'a dit. Les premiers habitants ne se fiaient pas tellement sur l'heure d'une montre, mais sur l'heure dans la nature. Ils ne courraient pas ici et là tout l'temps. Vous les hommes, vous êtes des saprés de machines à l'heure. Débarrassez-vous de vos montres, a m'dit. Avec ça, j'me chus réveillé encore une fois. J'ai jamais r'vu la p'tite bête après ça.

J'vous dit quon aurait pu couper le silence avec un couteau tant y'était épais et long. Fafarlain continuait toujours à r'tapper les bottines sans rien dire de plusse. Y'en a qui bavardait et d'autres qui disaient que l'histoire du bonhomme, c'était des blagues, des contes pour des enfants, des folleries d'vieux. Qui croirait toute ça, y s'disaient. "Vous inventez, l'pére," en dit un qui se shakait la tête. "Oui, j'invente," a répondu le cordonnier, "j'invente parce que pour raconter des histoires y faut inventer." "Mais c'est pas vrai pantoute," criait un autre. "Oui, c'est vrai seulement si tu crés en des histoires. Y'a du vrai dans l'histoire que je viens de raconter. Prenez-en pis laissez-en, c'est à vous autres les gars."

En voilà une autre qui vous pognera dans gorge et vous f'ra roter votre souper tellement est dure sur l'estomac. Mais a vous f'ra du bien itou tout en vous rongeant l'estomac. Y'a longtemps de ça, mais pas si longtemps que j'peuve pas m'en rapp'ler. Le 'tit-Pite à mémére Tourigny, savait pas écrire son nom, ben moins écrire une chanson. Mais on dit qu'y'avait l'talent de mettre d'la musique sur papier. On savait pas où y'avait pris ça. Y s'mettait à terre à plein ventre pis y commençait à écrire des notes sur papier. Y traçait des lignes drettes, des ben longues, toute le long de la feuille, pis y'é mettait une par dessus l'autre, cinq lignes à fois.

Ensuite, y sortait d'la musique de sa tête, et la mettait note par note sur les lignes où chaque note appartenait. Y savait où les mettre. Ça sortait de lui. Y'avait jamais appris ça d'aucune parsonne, surtout pas les maîtresses du rang du p'tit village où y restait. Ça v'nait de lui. Les gens disaient qu'y'avait un don du ciel. "Un don du ciel?" demandaient les curieux et ceusses qui croyaient pas dans ça les dons du ciel. Après toute, le p'tit bonhomme à mémére Tourigny a seulement six ans. Y'é pas asez vieux pour attacher ses souliers même. Les autres p'tits gars le savent ben avant six ans mais lui y'é un peu sans-dessein.

Le p'tit gars avait pardu son pére et sa mére à l'âge de trois ans. C'est sa grand-mére du bord de son pére qui l'él'vait. Y'était tannant et donnait du temps dur à sa grand-mére des fois. Mais, a l'aimait son p'tit fils. Son vrai nom était Gérard mais on est v'nu à l'app'ler Tapis. Peut-être parce qu'y aimait s'coucher sur le gros tapis tressé de la mémére et se roulait en boule. A s'en foutait ben parce qu'a l'aimait son Gérard. "Tapis-citte, Tapis-là," on criait son nom partout. Y'é v'nu à connaître son nom, Tapis. La mémére l'envoyait à l'école avec les autres p'tits enfants. La maîtresse l'app'lait par son vrai nom, Gérard, mais quand y sortait de l'école, on continuait de l'app'ler Tapis. Y'e resté avec ça.

Tapis aimait la musique et la danse. Y'aimait-tu les veillées où on s'faisait du fun avec d'la musique, la musique à bouche, le violon, l'accordéon, le piano, et les cuillers. Y dev'nait fou braque quand y entendait d'la musique. Y sautait, y criait pis y dansait. Y'avait l'guiâbe dans l'corps. Quand que'qu'un jouait du piano avec des pages de musique, y'allait s'assir tout près d'la joueuse de piano pis y la r'gardait jouer les notes. Après, y traçait les notes avec son p'tit doigt, une par une comme si y savait que voulait dire chaque note. On s'demandait pourquoi y faisait ça, mais quand on y d'mandait y répondait seulement, "Les notes, les notes, ça veut dire rien. C'est d'la musique à jouer." On faisait pas d'cas de lui pis ses notes. On le laissait faire pensant que sa p'tite folie passerait avec le temps. Mais Tapis est dev'nu encore plusse fou des notes de musique sur papier avec le temps. Rendu à huit ans, y pouvait composer toute une chanson par lui-même. Y savait pas encore comment écrire les mots d'une chanson, mais y savait comment composer la musique. Ceusses qui s'connaissaient en musique disaient que le p'tit bonhomme, Tapis, sait ben composer sa musique parce que les notes avaient du sens, pis un mélodie.

Ceusses-là qui voulaient que Tapis apprennent la musique dans une école ou avec un professeur, poussaient de plusse en plusse la mémére pour qu'a plie à leurs volontés. Mais mémére Tourigny les mettait d'côté. A n'en voulait pas de leur vouloir. A voulait laisser Tapis grandir à sa maniére. Pas d'él'vage par la force. "Y trouvera sa place dans vie," a leur disait. "Faut pas forcer les choses quand c'est un don du ciel." "Mais, Madame Tourigny, les dons du ciel tombent pas tout seul. Il faut les aider à fructifier." "Fructifier, quoi?" "Rendre du fruit, Madame." "C'est pas un â'bre, Tapis. Y'a pas besoin de porter fruit." "À votre volonté, Madame, mais le p'tit gars va en souffrir un jour. Il aura manqué la chance de devenir un grand musicien." Mémére se disait que le p'tit aurait toutes les chances voulues lorsqu'il sera grand. Pour asteure, elle pensait, y faut mieux le laisser tranquille avec ces affaires d'école de musique et des leçons de professeur. Y'a seulement huit ans, a disait à elle-même.

Un jour, Tapis s'est mis à fréquenter un Monsieur Desautels qui, lui, jouait du piano et s'était montré lui-même à jouer. Y jouait ben en maudit, le Monsieur. Y'aimait Tapis et Tapis l'aimait itou. Les deux aimaient la musique. Le Monsieur était infirme des jambes et jouait du piano pour s'amuser et remplir son temps pendant la journée. Y restait avec son pére et sa mére. Y'a montré des accords à Tapis, pis le p'tit bonhomme apprenait vite. Mais, Tapis voulait, à tout prix, apprendre de plusse en plusse à composer la musique. Le monsieur composait pas de musique, il la jouait seulement. C'est pour ça qu'y a dit à Tapis d'aller voir Mademoiselle Latourette qui connaissait toute sorte de musique, et l'avait enseigné pendant des années. Y paraît qu'a vivait rienqu' pour sa musique tellement a aimait la musique.

Tapis va voir Mademoiselle Latourette et cogne à sa porte. Sa mémére y'avait dit d'être ben poli avec elle, de pas s'exciter et pas s'énerver. Tapis savait ce que sa mémére voulait dire avec ça. Et ben, Mademoiselle ouvre la porte et a l'a aparçu le p'tit bonhomme, les mains dans ses poches et un sourire gêné sur ses lèvres. Monsieur Desautels l'avait prév'nue, on sait ben. Alors, Tapis entre en d'dans et met sa calotte sur une des chaises bourrées du salon où y'a vu un beau piano à queue. Y'en avait jamais vu un. Ses yeux se sont aggrandis comme deux cinquante cennes. Mademoiselle y d'mande son nom et son âge et y'a répondu ben poliment. Ensuite, a l'amène tout près du piano. A savait qu'y aimait le piano. A commence à y parler d'la musique et des grands compositeurs dans l'ancien temps. Tapis les connaissait pas pantoute mais y l'écoutait. A y jouait du Chopin pis ensuite du Mozart(moé, j'l'ai connais pas ces musiciens-là. Chus pas assez smatte en musique) et Tapis était toute ravi d'entendre c't'a musique-là. En tout cas, Tapis revenait voir Mademoiselle à toutes les jeudis. Y'aurait été la voir tous les jours si sa grand-mére l'avait laissé aller. "Vas pas la déranger trop souvent, Tapis, a va s'tanner de toé, mon p'tit," a y disait. Tapis l'écoutait. Quand jeudi arrivait, Tapis était prêt de bonne heure, et y'attendait que mémére y dise d'y aller. Là y s'en allait à pleine épouvante vers la maison de Mademoiselle Latourette. A l'faisait entrer et y donnait un gros chocolat avant de commencer la musique. Tapis était aux anges avec c'te chocolat-là. Y'en avait pas souvent, j'vous l'dis.

Pour cette fois-citte, Mademoiselle avait choisi un morceau de musique par un nommé Ravel. Tapis a r'gardé la feuille de musique et a vu le mot B-O-L-É-R-O. Y'était saisi par c'te mot-là. Y s'dit, ça doué-t'être une musique étrange avec ce nom-là. J'me d'mande qu'est-que c'est, Boléro. J'ai jamais entendu ça. Moé-tou, j'ai jamais entendu c'te mot-là. Chus pas musicien, vous savez. Et ben, c'ta fois-citte a y joue sa victrola. C'est un record d'la musique de ce Ravel. On m'dit que la musique commence ben tranquillement pis a devient vite vite vite assez pour faire chavirer la tête. Et ben,

Tapis qui est ben sage parce que sa grand-mére y'avait dit de l'être, écoute c'ta musique-là. Quand la musique fait tourner la tête, le p'tit bonhomme se lève de sa chaise pis y commence à tourner en rond. Tourne, tourne, tourne, le p'tit gars à mémére Tourigny. Y danse si fort et si vite que sa tête devient folle, et pis y tombe à terre, le corps saisi de musique hantante. Mademoiselle arrête la musique pis va le rel'ver. A voulait pas qui s'énerve comme ça, mais c'était plus fort que lui. A l'envoye chez eux et y dit de r'venir dans deux s'maines seulement. Tapis a jamais eu la chance de la r'voir parce qu'est partie de d'là sans jamais y retourner. Tapis la manquait tellement qu'y arrêtait pas de pleurer. On pouvait pas le consoler. La mémére savait pas quoi faire. Est partie aller voir Monsieur Desautels pour y d'mander comment arranger l'affaire avec Tapis. Y a dit de le laisser tranquille et les choses s'arrang'rait. Mais, les choses se sont pas arrangées et Tapis a complètement arrêté de jouer la musque ni de composer sur ses feuilles. Y'était ben morose, le p'tit. Y'a traîné comme ça pendant longtemps jusqu'à c'que la mémére tombe gravement malade et, à la longue, meure. Tapis s'trouvait toute seul. Pauvre Tapis! On est v'nu le crie pour l'apporter dans un autre village à quelque part, on n'sait pas où. On n'a jamais entendu parler de lui après ça. Les gens disent quel talent y'avait c'te p'tit bonhomme-là. Quelle musique y'aurait pu composer! Quel talent manqué! Faut crère que le don du ciel avait faite paffe avec lui. Ou peut-être le Boléro de ce Ravel y avait comme engourdi la tête. Y'en a qui disent "ensorcelé" comme j'ter un sort sur que'qu'un. J'sais pas. Chus pas un devineur, les ceusses qui traitent des sorts. Plus tard, on a trouvé un homme dans les bois tout près du fleuve qui jouait de la flute à merveille, mais y la jouait pas aux parsonnes, seulement aux bêtes de la forêt. Y'était d'venu un hermite. Y'avait pas de chez eux et y couchait le soir sur un tapis. Faut crère que l'homme aimait la nature et s'arrangeait comme ça. Les gens s'cachaient pis écoutaient la musique de l'homme qu'on avait baptisé, Tapis, parce qu' y s'couchait sur un tapis. Y'en a qui ont commencé à mettre la musique de l'homme sur papier tellement y crèyaient la musique si belle. On sait ben qu'eux autres connaissaient la musique. Avec le temps, la musique de l'homme qu'on appl'aient Tapis, est d'venue si ben connue qu'on la jouait dans les églises et les grandes salles de musique. Y'avait une musique que les gens ont commencé à l'appeler "Boléro" tellement la musique était vite et presque furieuse. Y'en a aussi qui l'appelaient Ravel, le grand compositeur revenu s'a terre. Moé, j'connais pas ça ce Ravel-là. C'est ben avant mon temps. Pis, le monde s'demandait comment un tel talent pouvait sortir d'un gars qu'on appelait, Tapis, et qui s'cachait dans l'bois avec les animals. "C'est un don du ciel," disaient les uns alors que les autres s'troussaient les épaules sans rien dire. Ça, c'est une des histoires que j'ai entendue dire par le Pére Macaboute quand j'restais au Canada. J'vous l'dis qu'y en savait des histoires ce bonhomme-là. Y savait raconter. Y'en racontait des vieilles pis y'en inventait des nouvelles, j'pense. En tout cas, y'avait l'tour de raconter. Y d'venait les yeux ronds, la face ben rouge et les narines toutes grande ouvartes come un boeu'. Y'était ben sérieux avec ses histoires, le Pére Macaboute. Pis, y savait raconter. J'l'sais, j'l'ai déjà dit.

Si vous avez déjà entendu parlé de la Corriveau, là c'est toute une histoire comme vous l'savez. Avez-vous entendu parler de sa p'tite p'tite p'tite fille, Marie Calumet Lafortune? Sa mére c'était une Lafortune de Saint-Jean-Procope et sa mére à elle c'était une Laplume de Saint-Vallier, et pis sa mére à elle, c'était la fille de la Corriveau, Marie-Angélique. Vous saviez pas qu'avait une fille, hein? Oui, a n'avait eu deusse. Pis un garçon, Charles. Oui, la fameuse Marie-Josephte Corriveau qui a tué son deuxième mari, Louis Étienne Dodier. Tout l'monde connaît son histoire au Québec. Moé, j'l'sais à propos de Marie Calumet Lafortune parce qu'a restait tout près de Phonsine Laperrière de Saint-Maurice-de-la-Trombade. Phonsine parlait souvent d'elle. La grand-mére de Phonsine avait ben connu les Lafortune. Quand on s'mettait à défrich'ter la famille, ben ç'arrivait toujours à Marie Calumet Lafortune. Phonsine disait à ma mére que elle, Marie Calumet Lafortune, avait sa propre histoire à elle. A connaissait presque pas la Corriveau son aïeule. A savait qui elle était, mais a la connaissait pas. Pas assez pour en parler d'elle-même. Mais a en savait assez pour dire à Phonsine que le mari de la Corriveau était bête, pis y la massacrait des fois. Avait des plaques bleues partout sur son corps. Y'était bête, bête comme un boeu enragé. A voulait pas l'dire à parsonne, pas même à la police parce que la police, à c't'temps-là, c'était des Angla's. D'ailleurs, c'était pas la police mais des soldats. On dit que son pére à elle, la Corriveau, y l'a aidé à tuer son mari avec une hache. D'autres disaient que c'était lui qui l'avait tué. Sont tous les deux morts en tout cas, le pére pendu et la fille aussi pendue mais placée dans une cage de fer et montée en l'air afin que les gens sachent quel scandale la Corriveau avait faite. C'était don' d'valeur pour les enfants.

Et ben, Marie Calumet Lafortune était ben avancée en âge quand a l'a connu, ma mére. Avait alentour quatre-vingt-dix-neuf ans. Mais, avait toute son idée. Une mémoire de chien itou. Pis, aimait conter des histoires. A n'avait tout un tas dans sa tête. A commençait ses histoires toujours de la même façon, "Ben, j'vas vous dire, quant à moé….." pis là a disait toute c'qu'avait à dire, pis là a racontait son histoire. Faut crère qu'a voulait s'débourrer l'coeur avant de conter des histoires. Ma mére disait que la vieille voulait dire c'qu'avait à dire parce qu'avait pas grand monde à qui parler pendant ses longues journées s'a terre, loin des voisins pis loin du centre du village où y'avait la p'tite église, Saint-Pacôme. A pouvait pus aller èglise alors a disait son chap'let à place. Ben comme Maria Chapdeleine. Ma mémére à moé me l'avait racontée c't'histoire d'une jeune fille qui s'décide de rester au Québec plutôt d'aller aux États avec le Canayen déplacé, Lorenzo Surprenant. Maria avait pardu son amant, François Paradis, le coureur de bois. Pourtant elle avait dit ses mille *Avé* pour qu'y r'vienne sain et sauf, mais le ciel ne l'a pas exaucé. Plus tard, a perd sa mére d'une ben mauvaise maladie. Les choses n'avaient pas ben tourné pour Maria Chapdeleine. Toute comme la mémére Lafortune. Pas d'enfants, pas de parenté, pas de voisins proches, seulement ma mére qui allait la visiter de temps en temps. Par charité, disait ma mére.

Ben j'vas vous dire l'histoire de Marie Calumet Lafortune. C'est l'temps. J'ai trop babiné. Chus rendu comme ma femme, torvisse! Marie Calumet s'appelait comme ça parce que sa mére était une Indienne mariée avec un blanc qui s'appelait Lafortune. Sa mére voulait y donner un nom des savages parce dans sa tribu on donnait souvent le nom de la mére aux enfants. Ètait moqué savage, moqué blanche, Marie Calumet. Y'en a qui use le tarme "métis." Le pére de la mére de Marie Calumet voulait absolument pas qu'a marie un blanc. Toute sa famille voulait pas ça non plus. Elle allait déshonorer la tribu, on y a dit. Pour un Indien pardre son honneur, ça veut dire être en dehors des siens, pis pardre tous liens avec eux. C'est comme si a existait p'us. On y parle pas, on la laisse de côté pis on fait pas d'cas d'elle, pantoute. Mais, Marie Calumet aimait tant son ami blanc et a voulait le marier. Ça fait que les deux sont partis loin dans la forêt pour charcher une place à rester. Y'en ont trouvé une tout près d'un pauvre p'tit village où le gars pouvait chasser le gibier et les autres bêtes savages. Après toute, y faullait s'tirer la vie d'une maniére ou d'une autre. Plus tard, a l'a appris que son aïeule c'était Marie Josephte Corriveau, la même qu'on avait pendu et mis dans une cage en fer. Marie Calumet savait pas comment la Corriveau était parent avec elle, mais a savait que dans c'temps-là y'avait ben des Indiens qui mariaient des blancs, surtout des hommes, comme les coureurs de bois. Faut crère que une des filles de la Corriveau ou un des fils des filles de la Corriveau avait marié une Indienne. La généalogie voulait dire rien à Marie Calumet Lafortune. Toute c'qu'a savait c'est qu'était moqué Indienne et moqué blanche.

Marie a eu des enfants mais y sont toutes morts à bas âge. Morts d'une maladie ou d'une autre. C'était dur él'ver des enfants dans l'bois presque toute seule. Son mari était souvent parti à chasse, et a connaissait parsonne avec qui a pouvait parler. Les gens du p'tit village l'ignorait ou même la méprisait parce qu'ètait une savagesse. C'était dur pour elle. A pouvait pas s'en r'tourner à sa tribu parce qui l'avait chassée une fois pour toute. Ben, avec le temps, son mari, le Lafortune, s'est mis à bouére. Y traidait des fourrures pour d'la boisson au lieu de les vendre pour ach'ter du manger pour sa famille. En tout cas, y'e mort saoulon. Les enfants morts, le mari mort, Marie Calumet Lafortune s'trouva tout à faite seule comme un chien. A pleurait pas et a s'lamentait pas. Ètait forte de caractère, Marie Calumet. Ètait Indienne.

Avec le temps, Marie Calumet a décidé de changer d'place. A toute laissé et a parti seulement avec son butin et que'qu'unes des choses qu'avait apportées avec elle quand la famille l'avait chassée de la tribu. Avait pas r'gardé ses choses-là ça faisait longtemps, mais a savait que ç'avait déjà été précieux pour elle. Une fois rendue à sa nouvelle demeure, a savait pas où, a r'garderait toutes les choses qu'avait dans son sac que sa mére y avait faite. Son sac était ben beau toute avec des écales de poisson et des belles graines de vitre. A l'appelait sa sacoche. Ben avant les Français prennent le nom sacoche, les Indiens l'avaient déjà. Sa mére y'avait faite promettre de jamais se séparer d'a sacoche et les choses en d'dans. A l'avait laissée partir sans y ôter la sacoche. A y'avait expliqué, un jour, que elle, la mére, avait reçu de son aïeule un morceau de papier qui y avait été donné par un blanc. Un blanc de haute position, a y'avait dit. Le pére de l'aïeule faisait partie du *sachem*, le conseil des Indiens, et y'avait reçu c'te papier-là des mains de la parsonne blanche de haute position. Y l'avait donné à sa fille qui l'avait passé de famille en famille. Les Indiens gardaient ce papier-là comme un trésor parce qu'y reconnaissaient sa valeur. Les Indiens étaient amis avec l'homme qui avait signé le papier. C'était vraiment un document rare. La p'tite fille, elle, dans c'temps-là, avait pas faite de cas de ce morceau d'papier jauni. Toute c'qu'a voulait c'était la sacoche.

Ça fait que Marie Calumet a trouvé son chez eux dans un autre village et a commencé à travailler de ses mains à faire toutes sortes de belles choses pour vendre. A allait tout partout vendre c'qu'a faisait. Le monde trouvait ça ben ben beau et y'achetait. A s'est tiré la vie avec ça. A restait seule pis a s'trouvait ben. Un jour, a faite la connaissance de ma mére quand étais fille et a restait encore au Canada. Marie Calumet et ma mére sont dev'nues amies. Y partageaient toute parce que ma mére trustait Marie Calumet et Marie Calumet trustait ma mére.

Un jour, Marie Calumet montre sa sacoche à ma mére. Oh, étais belle la sacoche, d'une beauté rare. A y dit qu'un jour a aimerait que ma mére l'aye sa sacoche parce qu'étais sa seule amie dans l'monde. Marie Calumet a commencé a ouvrir sa sacoche pis a montré ce qu'y avait dedans. Un peigne en écale rosâtre, un boute de que'que chose, un p'tit paquet d'harbage, un louis d'or, et une feuille de papier ben vieux, si vieux qu'étais jaunie. A l'ouvre le papier et découvre que c'était une sorte de document signé par un nommé CHAMPLAIN, SAMUEL DE

CHAMPLAIN. Ma mére m'a dit qu'a resté surprise parce qu'a r'connaissait le nom. A l'avait appris ècole avec les leçons d'histoire. Marie Calumet avait essayé de lire le document mais a pouvait pas comprendre. Que'qu'un y avait dit que c'était du vieux français. A s'rapp'lait pas qui. Ma mére m'a dit que la lettre disait que'que chose comme, y'avait eu une entente entre la France et les Indiens par l'entremise du Sieur de Champlain. "Mais, ça doué vouloir d'argent, beaucoup d'argent," y'a dit ma mére. "Je l'sais" y'a répondu Marie Calumet, "mais j'veux pas d'l'argent. C'est plus précieux que d'l'argent pour moé. Sais-tu qu'ossé ça veut dire pour moé? Ça veut dire que mes aïeux avaient forgé une amitié avec un blanc de haute position et mon aïeule de très loin avait hérité ce document-là. Je sais ben que les autorités et ceusses qui s'connaissent dans les archives, voudraient ben l'avoir et le placer dans un coffre fort. Mais, moé, ça me redonne l'honneur qu'a pardue mon aïeule, la Corriveau." Ma mére a compris et Marie Calumet a r'mis le morceau de papier dans sa sacoche. Plus tard, quand Marie Calumet est morte, elle avait laissé la sacoche à ma mére comme a l'avait dit. Oh, ma mére l'a-tu conservé comme de l'or c'ta sacoche-là. La sacoche et son contenu. Mais, malheureusement, a l'a pardu dans l'feu de 1880 du canton alors que toute le village a brûlé à terre. Rien est resté des biens qu'avait la famille de ma mére. Pas de preuve que ma mére connaissait la p'tite p'tite p'tite fille de la Corriveau pendue dans cage. Au moins, l'honneur de Marie Calumet et ses ancêtres a resté malgré la parte du fameux document. Au futur, parsonne pourrait dire que Marie Calumet avait déshonoré sa tribu. Ça, c'est l'histoire de Marie Calumet Lafortune.

En avez-vous assez? Ben, moé, j'en ai d'autres à raconter. Cette fois-citte c'est une histoire d'homme. J'veux pas dire que c'est juste pour les hommes, non, c'est pour les hommes pis les femmes, mais c'est une histoire d'homme comme vous le comprendrez.

C'est l'histoire de la donaison. Pas une seule histoire mais l'histoire en général de la donaison au Québec. Vous savez c'que c'est une donaison? Les vieux le savent mais peut-être pas tout l'monde le sait. Ben, une donaison c'est la donaison d'une terre. On donne sa terre à que'qu'un. D'habitude à son fils. Souvent au plus jeune parce que celui-ci va prendre soin de son pére et de sa mére dans leur vieux jours. Parfois aussi les parents se donnent à un de leurs enfants, la terre, la maison pis tout l'reste qui leur appartient. Mais, la vraie donaison, c'est la donaison d'la terre. La terre d'un habitant est pour lui, sa vie. Y l'a nourrie, y'en a ben pris soin et y l'a soignée comme une bien-aimée à qui on donne tous les soins possibles. On en prend soin quand y'a pas assez de pluie, pas assez d'engrais, trop de chaleur ou trop de frette, et pas assez de quoi ce soit. La terre est sa dépendance, elle dépend sur lui et lui dépend sur elle. Ça lui appartient comme une femme. On pourrait dire qu'y est marié à sa terre. Quand vient l'temps de se séparer d'elle, ben c'est comme un arrach'ment d'coeur, comme un déchir'ment pour lui, l'habitant. Quand ben même y reste encore là, ça lui appartient p'us. Ça appartient à un autre. Toutes les années passées s'a terre, y'en reste que des souvenirs, c'est toute. L'habitant c'est un homme les deux pieds s'a terre et dans la terre. Y'é-t-ancré là. Y élève une famille pis y'en arrache des fois, mais y la fait donner de ses meilleurs fruits et légumes. Son meilleur lait et sa crème, ses meilleurs oeuffes, ses meilleurs poules à manger, ses meilleurs cochons pour avoir d'la bonne viande de porc s'a table, ses meilleurs veaux à tuer pour donner la viande la plusse tendre, et ses beaux pommiers qui fleurissent au printemps avec une odeur y'en a pas de pareille. La terre, pour un homme c'est son coeur, son estomac, et sa caboche remplie de souvenirs des années où tout l'monde se connaissait et tous les voisins venaient rendre visite ou v'naient pour des veillées de danses et de chansons à couplat. L'habitant connaissait sa terre à fond pis a l'connaissait par ses rires au lever du soleil. Seulement, un habitant savait qu'ossé c'était une terre. Sa femme la connaissait itou mais pas comme un homme. Un homme avait la terre dans son coeur. Y pouvait pas grouiller sans elle. Ça prenait un homme pour connaître un homme dans l'fin fond de son coeur. Alors, l'homme savait ben qu'ossé c'était la donaison. Y'en sentait la douleur et le déchirement d'coeur. La donaison créait un vide en lui, un vide qui s'remplissait jamais. C'est ben ça que disait mon grand-pére quand il a fait la donaison de sa terre à son Elphège, mon oncle. Les autres gars sont partis de la terre pour v'nir aux États et gagner leur vie dans les moulins. Partir de la terre pour aller vivre dans les villes à l'étranger. Pire, partir pour aller s'placer dans une place qui parle anglais et où les têtes de pioche et les Yankees ont déjà pris les meilleures places. Marci Dieu pour les Canayens déplacés qui eux parlaient français et qui avaient formé des P'tits Canadas. On s'trouvait ben dans ces places-là. Comme être s'a terre encore. Presque.

La donaison a disparu quand les terres ont commencé à souffrir. Y souffraient tellement qu'y avait presque p'us de récolte. On en crevait. On allait jusqu'à mettre les terres à l'encan. Imaginez-vous ça. C'était ni plus ni moins le deuil. Le deuil d'une terre arrachée de ses enfants et de son habitant, une terre morte. Combien de familles peuvent raconter leurs histoires et leurs déchirements avec la terre. S'en aller au large pour aller gagner sa vie. Des familles pis des familles sont parties sans savoir si y pouvaient vivre là-bas et vivre leur héritage. On vivait dix, treize, vingt et un des fois dans l'même appartement. Souvent au troisième ou au quatrième étage tassés comme des sardines. Sept, huit dans une seule chambre à coucher, trois, quatre par litte. Après la donaison, c'était le déménageage. Mon Dieu, c'était-tu dur de toute laisser pour s'en aller. Mais, les Canayens sont du monde dur, du monde fort, des gens qui s'trouve une place pour nicher. En voulez-vous des histoires, ben d'mandez aux gens du Canada, y vont vous en dire à plein. Les hommes eux-autres y'en savent des histoires d'homme mais souvent y gardent ça en d'dans d'eux-autres. Avec la donaison, ben on gardait ça au moins dans famille, mais une terre à l'encan, c'est ni plus ni moins qu'une mort dans famille. Imaginez-vous ça, perde sa terre comme ça, c'est un déchirement total. Assez pour fendre un homme en deux, et ça, ça reste dans l'fond du coeur à jamais..

Une autre. Connaissez-vous ça un pétard? J'veux pas dire un pétard qu'on allume et ça fait, bang! Non, une ben belle fille qu'on appelle un pétard. Un sacré beau pétard. Est tellement belle qu'a met les autres filles à la gêne. Faut qu'a seye belle en maudit pour s'faire appeler un pétard. Chez nous on avait la Boislard, Sylvia Boislard, qui était un vrai pétard. Tous les gars la trouvaient si belle qu'a faisait tourner la tête de toute le monde, hommes et femmes. Ètait d'une rare beauté, si belle qu'a rendait certains gars fous. Avait de beaux ch'feux blonds clair, des yeux bleus comme le ciel le matin, et les joues roses comme des pivoines d'un beau rose. Avait une belle *shape* et a s'portait ben. Ètait un peu trop fier-pet et s'en faisait accrère trop souvent parce qu'a savait qu'ètait belle. Son pére avait d'l'argent. Y'appartenait une grosse épicerie au coin de la Lincoln et la Washington à Central Falls, et sa fille pouvait avoir c'qu'a voulait de lui. Y la gaspillait à son goût. C'était la seule enfant que les Boislard avaient. Y'a pas grand'chose que la jeune fille avait pas. Excepté le gars qu'a voulait et pouvait pas l'avoir.

Damien Laflamme était un pétard lui-même. Pensez pas qu'y'a seulement les femmes de pétards. Y'a des hommes itou qui sont si beaux, j'veux dire qui font belle figure, que les gens les appellent des pétards. Damien avait des beaux ch'feux rouges châtains, épais et frisés, des beaux yeux bruns qui dardaient la parsonne qui osait l'r'garder dans les yeux, des sourcils ben faites, et des belles mains, on aurait dit un musicien. Les filles le trouvaient à leur goût. Les gars itou parce qu'y en a qui voulaient ben r'garder comme lui à cause y attirait les filles. Une chose avec lui, y s'en faisait pas accrère. C'était un bel homme et y l'savait, mais ça y tournait pas la tête comme la Boislard. Damien, comment j'dirais ça, était ben balancé. Pas d'achalant'rie avec lui. Y'achalait parsonne. Tout l'monde l'aimait. Belle figure d'homme, beau tempérament, beau pétard. Sylvia Boislard, elle, c'était pas la même chose. J'vous dit que c'était pas la même chose. Ètait achalante des fois jusqu'à nous faire frissonner le toupette. Achalante avec ses airs de mademoiselle manquée. Ètait belle, oui, mais c'était pas une demoiselle qui savait acter en public. Avait pas d'maniéres pantoute. A s'troussait l'nez au monde, a marchait les jambes écartillées et avait une voix agaçante. Ça sortait du nez plutôt que de sa bouche. Agaçante en maudit! C'est vrai qu'ètait belle de face mais ça s'arrêtait là. C'est-tu don' d'valeur la beauté gaspillée sur que'qu'un comme ça. A savait pas qu'ètait pas belle du cou en bas. Seulement d'la tête. Ça s'arrêtait au cou, mais en dedans d'la tête c'était presque vide.. C'est vrai qu'avait une belle figure mais en dedans, le coeur était twisté comme une corde à linge qu'on peut pas démêler. Mais, a l'aimait Damien Laflamme, au moins a dit qu'a l'aimait. C'était plutôt d'amourachage que d'l'amour, j'pense ben.

Et ben, Sylvia s'est mise à chasse pour son Damien comme un chasseur qui va après sa proie. A le laissait pas tranquille. Est dev'nue si achalante que Damien a fallu qu'y dise à son pére, Monsieur Boislard, de dire à sa fille de le laisser tranquille ou ben y s'en mêlerait. Y'en avait assez d'elle. Le pére a rien dit à sa fille de peur de la froisser. Froisser, *my eye,* ce qu'avait d'besoin c'était une bonne volée sé fesses. A n'avait jamais eue. Ça fait que Damien s'est mêlé de ce qui faullait faire et a pogné Sylvia en public pis y'a donné une volée. Pas pour y faire mal mais juste assez pour l'humilier. A pleurait des larmes de crocodiles. Pis a beuglait comme un veau dans l'pacage. Le monde riait d'elle à force qu'a faisait l'enfant gaspillé, puni. Damien a faite c'que son pére aurait dû faire y'a longtemps, les gens disaient. Et ben, la beauté apporte pas l'bonheur, disaient ceusses qui en savaient mieux des enfants gaspillés. Ça, c'est l'histoire de deux pétards qui ont faite pafff!

Une autre histoire, pis j'vas me tiendre tranquille avec mes histoires. Faut avoir une fin, vous savez. L'histoire d'Audibert, on l'app'lait Tibert, commence avec l'histoire de son pére, Ti-Mousse Langelier. Ti-Mousse Langelier était pêcheur de toutes sortes de poissons, poissons d'la mer, poissons des lacs, poissons des riviéres et les belles truites des ruisseaux. Y'allait où y'avait du poisson. Ti-Mousse pouvait pas attendre que son p'tit gars, Audibert, grandisse pour y montrer à pêcher. Y'avait ça dans l'sang.

Ben Tibert grandit pis y'é dev'nu un beau grand garçon. Fort et costaud comme son grand-pére Langelier, les gens disaient. La famille Langelier s'rapp'lait ben du pépére Langelier qui s'était nèyé dans mer en pêchant d'la morue. La tempête en mer l'avait pogné par surprise lui et son ami, Victor Guérin, et les avait j'tés pardessus l'bord. On a jamais pu r'trouver les corps. On a dit une messe à l'église Saint-Philibert pour eux-autres. Une messe pour les morts sans les corps. C'était triste. Tibert était jeune quand le pépére Langelier est mort. Y'avait, j'pense, quatre ou cinq ans. Y s'rappelait presque pas de lui. Mais, y savait que son pépére était un très bon pêcheur. Son pére y avait dit.

Son pére y'avait aussi dit que pour faire un bon pêcheur faut pas avoir peur de l'eau surtout d'la mer.

Y l'avait assis, le p'tit gars, et pis y'avait toute dit à propos d'la mer au large. Y'avait rien caché de lui. Ti-Mousse voulait pas y faire peur, mais y savait qu'un bon pêcheur devait savoir c'qu'y faisait et savoir les bons et les mauvais bords de la pêche. Surtout la pêche dans mer. C'est vrai qu'une parsonne peut s'nèyer n'importe où dans l'eau, y a dit, mais la mer ça peut être dangereux à cause des grosses tempêtes sur l'eau. Ça peut virer d'une minute à l'autre, pis le ciel peut changer d'un beau bleu clair à des gros nuages noirs et menaçants. On avait même composé des chansons sur les dangers d'la mer et la mort qui survient. S'a mer, on prend toujours des chances, y avait dit Ti-Mousse, mais c'est tellement beau la mer. On prend des chances mais on prend aussi nos précautions, y'avait fini par y dire.

Tibert grandit sans peur de la mer, sans crainte d'être au large parce que son pére y'avait montré que la peur apporte rien que la peur. "Faut que tu seyes brave, Tibert," y'avait dit, "brave comme un vrai pêcheur qui a l'âme brave et qui n'a pas peur de rien." La mére, par contre, disait au pére de pas trop l'exciter et d'laisser tranquille avec toutes ses histoires de pêche. "Sa mére, j'veux pas qui d'vienne chien-culotte. Peureux comme un lièvre. Y f'ra rien dans vie si y'é peureux. Moé, chus jamais peureux. Chus brave comme un homme devrait l'être." "La vantardise fait périr son maître, Gustave." A l'app'lait par son vrai nom quand ètait fâchée, la mére. "Chus pas vantard, j'me vante pas. J'dis seulement la vérité, sa mére. Comment ç'a s'fait que les femmes comprennent pas les hommes?" "J'te comprends trop ben, mon homme, j'te comprends assez pour savoir que tu as un peu trop d'biére dans l'corps. Vas t'coucher." Et le mari allait s'coucher sans rien dire de plusse.

En tout cas, Tibert grandit et a suivi son pére et son grand-pére dans la pêche. Comment briser la longue lignée de pêcheurs, on s'disait. Ça faisait partie de l'héritage acadien. Les Acadiens aimaient la pêche parce que c'était leur vie à eux-autres. Y gagnaient leur vie pas au maudit moulin mais à faire la pêche à grand mer. Au large avec les goélands, toutes les oiseaux qui crient à pleine tête en voyant et sentant du poisson. La mére était canayenne du Québec, pas acadienne et c'est peut-être pour ça qu'a comprenait pas, comme y disait souvent Ti-Mousse. Lui était cent pour cent acadien jusque dans ses bottes à pêcher. Y'aimait les danses, la musique, le fricot, la râpure, et les pâtés d'poissons, pis le pain béni du Bon Djieu, le rire, le gros fun, et pardessus toute, la pêche.

Avec les années Tibert apprit l'métier de pêcheur et plus tard y s'est ach'té un beau *boat* pour aller à pêche. Y'avait pas peur de rien, les ouragans, les gros vents, les houles qui montent pardessus le bord du *boat,* rien. Y'allait passer sa vie à prendre du poisson comme son pére et son grand-pére l'avaient faite. Toute runnait sur les quatre roulettes. Était béni le p'tit gars à Ti-Mousse. C'est ça que les gens disaient. Y s'est marié avec la belle Bernadette Savoie de Digby et y'ont eu trois enfants, Gustave, Andréa, et Lorenzo. Y'aimait don' ses enfants et s'dit qu'un jour un des deux mousses allait dev'nir pêcheur sûrement. Y lui montrerait a pas avoir peur comme son pére à lui y avait montré. C'est comme ça que s'passait l'héritage de la pêche acadienne de pére au fiston.

Toute allait ben, trop ben. Vous savez quand les choses vont trop ben on risque la malchance. C'est ça que disent les raconteux de cartes. Les tireurs de sort. Tibert avait pas l'habitude de pas prendre trop de chances avec son *boat* et la mer, surtout avec le temps et ses vire-le-vent. Y pouvait avoir des grosses tempêtes et pas l'savoir d'avance. Comme dit la chanson, *"Partons la mer est belle embarquons nous pêcheurs…Ainsi chantait mon père lorsqu'il quitta le port/Il ne s'attendait guère à y trouver la mort/Par les vents par l'orage il fut surpris soudain/Et d'un cruel naufrage il subit le destin."* Mais Tibert s'en foutait ben de ce que les autres y disaient, surtout sa femme. "Fais attention, Tibert, l'ambition fait périr son maître," a y disait. "Faut pas être plusse savant que l'Bon Djieu." "Des cans-cans, sa mére," y lui répondait, la langue un peu lousse. "Fais à ton goût mais moé j'irais pas dans mer quand on annonce des orages." Tibert est parti quand même avec son ami, Alfred Cormier. Il voulait prendre de l'aiglefin parce que le marché pour c'te poisson-là était fort. Bernadette aimait pas ça quand y'avait deux ou trois coups dans l'corps. Y'avait pris l'habitude de son pére, y buvait pis y chiquait.

Arrivés en pleine mer, les deux pêcheurs ont ben vu que le ciel dev'nait de plusse en plusse nouère. Des gros nuages noirs avec des éclairs ct du tonnere. Alfred voulait r'tourner s'a terre des vaches, comme y l'disait. Mais, Tibert voulait pas parce qu'y avait pas peur d'un p'tit orage. "Ça va s'passer," y lui dit. "Faut pas être peureux pour rien, mon pére m'disait." "Chus pas peureux pour rien, Tibert. Ça s'annonce ben mal. Les vents montent et l'orage va nous frapper. Allons nous-en." Et ben le courage de chien a surmonté la peur de Tibert et y'est resté là dans son *boat* à pêcher. C'pendant, y pognait rien parce que les poissons savent quand l'orage est proche et y s'calent au fond de la mer en avalant des p'tites roches. Arrive l'orage et les vents qui balayent le *boat* comme une feuille d'érable sèche deviennent de plusse en plusse forts. Y faut crère que les hommes ont été emportés par les grosses houles et le *boat* a calé. On a pas pu r'trouver les corps, seulement les restes du *boat* que Tibert avait appelé **Su Ben**. Bernadette savait qu'un jour Tibert r'trounerait p'us parce qu'y pensait tricher la mort avec son manque de peur s'a mer. On pouvait pas l'enterrer parce qu'y avait rien à enterrer, mais on a fait dire une messe pour lui. Audibert le sans-peur qu'on dit de lui. L'homme qui avait peur de rien, pas même la mer. Et ben, la mer, elle, sait ben jouer de vilains tours aux gars comme Tibert. A l'emporte dans son gros bassin de fantômes de néyés. Des Ti-Mousses et des Tiberts, elle en a en masse. Ben, c'est parce que les hommes comme eux-autres savent pas craindre la mer et ses tempêtes. Est ben belle, la mer, pis est donnante itou, mais y faut prendre ses précautions et l'écouter quand a nous dit de pas y'aller. Les femmes le savent, elles.

Je l'sais, je l'sais, j'ai dit que l'histoire de Tibert serait la darnière, mais y faut que j'vous raconte la p'tite histoire de Tancrède Belliveau. Est pas longue. Tancrède Belliveau était ramancheur et un vendeur d'harbages. Y'était bon à ramancher les os et bon à donner des frottements pour soulager les douleurs dans l'dos comme la 'pine dorsale ou les entorses des bras et des jambes. Y l'avait appris du ramancheur Grenier que tout l'monde connaissait ben.

Les ramancheurs coûtaient moins cher que les docteurs, pis on avait pas besoin d'un appointement. Y chargeait seulement une piastre du traitement. Des fois soixante et quinze cennes, Y'en a qui avait pas d'confiance dans les ramancheurs parce qu'y avaient pas de diplômes sé murs. Qu'est-ce que ça d'affaire avec guérir le monde des cartificats? Si ça marche ben avec le ramancheur, ben on a pas besoin de payer le docteur et remplir des prescriptions.

Une chose avec le ramancheur Belliveau, y'aimait les femmes. Qu'y aimait don' les femmes celui-là. Y en raffolait. Oh, était fou des femmes surtout les grosses femmes avec une bonne tablette, vous savez ce que j'veux dire. Un jour Valéda Laframboise va l'voir pour son mal de rein. Ça lui faisait tellement mal qu'a en pleurait. C'était une grosse femme, j'vous dis, une ben grosse femme avec une tablette comme on n'en voyait pas souvent. A devait peser deux cents soixante livres le moins. Mais, èrait ben corsetée, ben drette et ben amanchée. Ètait solide comme un chêne. En la voyant, le ramancheur avait la salive aux lèvres, comme on dit. Après les introductions, y la fait coucher à plein ventre sur sa table de ramancheur. Y'était content que sa table seye pas fendue à cause de la pesanteur de la femme. Y s'dit que c'était comme soigner un éléphant. Y commence à la tâter icitte et là pis y la frotte ben fort sur les reins pour y donner un bon traitement. A grondait un peu mais tout allait ben jusqu'à ce qu'y commence à passer ses mains en haut autour de son corps et pogner ses jos. A s'lève aussitôt et a commence à y dire sa façon de penser, et qu'a veut pas s'faire toucher ses seins. Le ramancheur Belliveau tourne rouge rouge dans face et sait pas quoi dire. "Comment aimeriez-vous qu'on vous touche la poche et le peteu, Monsieur le ramancheur?" Et avec ça, a y prend les ouïes d'en bas avec sa main et tord jusqu'à ce qu'y laisse sortir un cri d'mort. "Voilà, Monsieur le ramancheur c'qu'on fait aux hommes qui aiment mal les femmes." Monsieur Belliveau s'est senti mal pour deux s'maines tellement y'avait les guerlots et le peteu sensibles. Le ramancheur pouvait pas s'ramancher lui-même tant ça y faisait mal. Tant mieux pour lui. Ceusses qui tâtent les jos des femmes s'font pogner les guerlots dans l'étau des femmes, disait le bonhomme… Tabarnouche! j'ai oublié son nom. J'pense que c'était Cassegrain. Ma femme aime pas que j'raconte c't'histoire-là, mais moé je l'aime.

Tasse-toé de côté, Ti-Nase, c'est à mon tour. Faullait pas raconter c't'histoire du ramancheur parce c'en est une cochonne. Vas dire tes histoires à tes chums qui aiment mépriser les femmes. "J'méprise pas les femmes, j'les fais rire, c'est toute. Même les femmes aiment un peu de grivoiserie, tu sais, ça leur donne un p'tit v'lours." "Vas t'cacher la tête, mon imbécile, tu r'tourne en jeunesse, tu chavire." "Raconte tes histoires, Solfège, ça va te ram'ner l'coeur."

6.

Le temps de partir en traînant les pieds

Et ben, Ti-Nase a raison. Y'en a des femmes qui aiment un peu de grivoiserie. Je l'admettrai jamais, mais y'en a qui aiment se faire péter l'pétard. Mon histoire, pour en finir avec le chap'lat d'histoires que moé et Ti-Nase venons de vous raconter, c'est l'histoire de Rosa Bonheur, une femme artiste. Moé, j'appelle ça un chap'lat parce que c'est comme un chap'lat, ainque que c'est une série de contes et non d'Avé. Toute comme un chap'lat d'oignons. Une *bunch* d'oignons, une *bunch* d'histoires.

Rosa Bonheur, c'était une artiste française, une des seules femmes de son temps qui étaient reconnues comme artistes. Y'en avait pas gros. Moé, chus v'nue à la connaître parce que j'ai pris un cours sur les artistes de France qu'on donnait le soir aux parsonnes plus vieilles que les jeunes étudiants qui vont normalement à l'école. On appelait ça du développement pour les parsonnes âgées, mais moé j'étais pas si âgée que ça, et on m'a dit qu'y me prendrait quand même. L'âge comptait pas. "Mais j'ai pas de diplôme. J'ai pas été ècole assez longtemps," j'ai dit. Y m'on dit que ça faisait rien parce qu'y prenait tout l'monde. Alors, j'me chus r'trouvée sur un banc d'école. J'avais pas ben ben d'éducation mais j'étais pas domme. J'apprenais vite itou. On dit que la femme franco-américaine est comme la canayenne, a frotte, a cline, a cuit, a décrotte, a prend soin des autres, a passe son temps à prier son chap'lat pis a l'a des bébés. A s'laisse faire pis a s'laisse conduire par les hommes. A pas l'temps apprendre ècole. D'ailleurs, est pas mal domme, pas trop intelligente parce qu'a s'laisserait pas faire comme ça. C'est ça que j'entends dire icitte et là. PAS VRAI! Est pas domme, est pas simple d'esprit et a sait faire les choses, pas seulement le ménage et prendre soin d'la maison. Est pas faite non plus pour se désâmer dans les moulins. A l'a une i-n-t-e-l-l-i-g-e-n-c-e! A sait pas toujours comment l'user, mais en a une. Une bonne itou.

La raison pourquoi j'voulais prendre cette classe, c'est parce que j'voulais, à tout prix, montrer à Ti-Nase que j'étais pas gnochonne. Les autres itou. Y m'appelaient la raconteuse de folleries. C'est pas des folleries que j'raconte. Y en a qui paraissent comme des folleries, mais la plupart, c'est des vrais contes. Ça vient pas de moé seule, ça vient de toute une filée de raconteuses et raconteurs. Comme j'l'ai déjà dit, ça fait partie de mon héritage comme canayenne et asteure franco-américaine. J'fait partie de la tribu des ancêtres, comme dit le pére Simoneau. Oui, pis quelle tribu!

Et ben, c'est l'temps que j'raconte. J'ai ben trouvé l'histoire de Rosa Bonheur intéressante. C'est pas une histoire de racontage. C'est plutôt c'qu'on appelle l'histoire de sa vie d'artiste. Sa vie itou, on sait ben. Rosa Bonheur est v'nue au monde à Bordeaux en France en

1822. C'est ça que la maîtresse nous a dit. A nous a dit
itou qu'on appelle Rosa Bonheur une animalière parce
qu'a aimait les animals(Mademoiselle Lafrenière m'dit
que je devrais dire "animaux". Est ben instruite celle-
là. A été à grande école) et les peinturait. Son pére itou
était artiste. Y peinturait des belles scènes dehors pis
des portraits de parsonnes. Qu'ossé qu'y était important
dans la vie de Rosa Bonheur c'était que son pére crèyait
que même les femmes devraient recevoir une bonne
éducation. Pas toutes les femmes avaient la chance de
s'faire éduquer dans c'temps-là, vous savez. Sa mére
jouait du piano et a l'montrait aux autres itou. C'était
pas une weaveuse au moulin. Presque toutes les enfants
de c't'a famille-là étaient des artistes, imaginez-vous.

Pauvre Rosa avait d'la misére à lire quand ètait
jeune. Sa maman y a montré à lire en y faisant dessiner
l'portrait d'un animal pour chaque lettre de l'alphabet.
C'est comme ça qu'a l'a appris à dessiner, pis en même
temps à lire. Pas mal. Sa mére était une bonne maîtresse
et une bonne maman, comme je l'voué. Rosa était
encore jeune quand a commencé à dessiner des vaches,
des moutons, des chèvres, des lapins pis tant d'autres
animals. Animaux. Ètait vraiment bonne à dessiner. Pis
c'était dans elle, d'la tête jusqu'aux talons. Allait où qui
tue les animals et coupe les animals en toutes sortes de
parties. Animaux, faut que j'm'en souvienne. A étudait
ça. Moé, j'aurais eu dédain de ça. Son plus gros succès
était "Le Marché aux Chevaux,"une ben grande peinture
qui mesure des pieds pis des pieds de hauteur et de
longueur. Si vous voulez aller la vouère a y'é dans un
grand musée à New York. Moé, j'aimerais ben y aller un

jour, aller vouère c'te peinture-là. A doué être ben ben belle, belle en maudit comme dirait Ti-Nase.

On dit que Rosa Bonheur portait du butin d'homme, comme des culottes longues(c'était rare dans c'temps-là que les femmes portent des culottes), et qu'a fréquentait les femmes. On disait que c'était une femme aux femmes. Parsonne le sait. C'est du rapportage de paniers parcés. Moé, j'la juge pas, juge son art seulement, comme nous la dit d'faire, la maîtresse. Qu'ossé c'que ça peut ben faire qui ses chums étaient? A ben le droit de chummer avec qui a voulait. Moé, j'aime pas ceusses-là qui mangent la laine su'l'dos des autres et font des cancans. En tout cas, j'aime ben ce qu'a faite et j'aimerais la rencontrer, mais comme vous l'savez est morte. On peut pas déterrer les morts, mais on peut déterrer leurs oeuvres. Sans ça, ça resterait enfoui(c'est un mot que la maîtresse nous a montré). Voilà mon histoire de Rosa Bonheur. C'est pas une histoire comme les autres, mais j'la trouve ben intéressante. C'est pas d'la follerie ni une histoire grivoise. C'est une histoire de première clâsse. Ti-Nase dit qu'une histoire comme ça c'est trop sérieux. Ça pas d'allure. Moé, j'y dit, Ti-Nase, c'est pas l'histoire qui est sans allure, c'est toé avec tes histoires de cul. Oh, y m'a r'gardé drette dans les yeux et j'voyais le feu dedans. "Acréyé! t'es vraiment ben affilée, ma femme, tu m'garroches des insultes là," y m'a répondu. "Ben, Ti-Nase, j'parle seulement ton langage à toé et j'te dis que mes histoires à moé sont ben plusse nettes que les tiennes." "T'es trop scrupuleuse, ma femme." Pis, y'é parti. Y m'a r'gardé en arriére avec un grand sourire. Y'é sournois, mon Ti-Nase. J'y pense là. Un jour j'irai à New

York et j'm'achèterai un tiquette pour aller voir la belle grande peinture de Rosa Bonheur. Ça m'plaît de faire ça même si Ti-Nase veut pas v'nir avec moé. Ça m'bâdre pas ce qui pense. C'est moé qui veux y'aller. C'est toute. D'ailleurs, y s'ra content que j'faise à mon goût. Ti-Nase est pas critiqueux. Y'é ben acceptable des choses que moé j'pense et veux faire. Ça finit là.

J'l'sais ben que l'histoire de Rosa Bonheur devait être la darniére, mais j'peux pas m'arrêter. Vous comprenez? Juste une autre, une courte qui m'a été contée par ma mére. C'en est une drôle. C'est à propos un mariage à l'église St-Augustin à Augusta. Un lundi matin(le curé Casavant mariait le lundi pas le samedi comme les autres) y'avait un mariage à sept heures. La mariée était la fille à Paul-Émile Arbour, un ami à l'oncle à ma mére. Ma mére avait été invitée parce que c'était des grands amis avec les Arbour. Dans c'temps-là on invitait presque tout l'monde, parenté, amis, voisins aux noces. On s'la fêtait en bonne compagnie. Les noces duraient toute la journée jusqu'au soir. On avait du fun. Y'en avait d'la biére et d'la boisson qui coulaient. On buvait pis on mangeait, à plein. C'était dans c'temps-là qu'on rencontrait presque toute la parenté, à part des funérailles. Ma tante Flora rencontrait pour la prèmière fois la femme à Ti-Pite Lantagne. Mon oncle Urbain rencontrait sa nièce qu'y aimait tant, Diana Gotreault. Madame Letellier rencontrait sa voisine de longue date mais qui avait mouvé en dehors de l'état. Madame Violette Latourette(le monde riait de son nom, les deux –ettes), pis la cousine Althéa Marchand rencontrait les nouveaux mariés, Marthe et Sylvain Boisclair, qui s'aimaient à n'en mourir. Y'étaient toujours à s'donner des becs. Pis la soeur à Maybelle Casavant qui v'nait du Canada avec sa potée d'enfants et qui parlait si fort qu'a enterrait les autres, était là. Le gros Ti-Lou à mémére Langevin faisait d'la broue comme d'habitude. J'vous dis qu'y avait du tapage dans c'temps-là. Le *top* de la maison en l'vait. La chunée devait shaker tant y'avait du brasse-camarade. Mais, on avait du fun en mautadit!

J'en r'viens à l'histoire de la mariée, a s'app'lait Léonette et son futur mari, Joseph-André Blanchette, une autre qui aurait deux –ettes à son nom. Et ben, Léonette était pas gênée pantoute. Ma mére qui la connaissait disait que la p'tite fille s'laissait pas manger la laine sur l'dos. Pis avait pas la langue dans sa poche, non plus. Ètait un peu comme sa mére, Vézinalda. Le jour de ses noces, Léonette était habillée ben de bonne heure alentour de cinq heures dans quart. A voulait pas manquer rien, a disait. Avait mis son butin neu'. Une brassiére neuve, des p'tites culottes neuves assez grandes pour pas y serrer trop la bédaine(ètait grassette, Léonette), pis une slip neuve, et on sait ben sa robe de noces avec son vouèle. Ma mére dit qu'a r'gardait ben.

Y s'rendent à l'église, la mariée, le pére, la mére, les soeurs, et le p'tit frére. Rendus aux marches de l'égise, les culottes de Léonette commencent à descendre. A prend ses culottes, a les arrache pis a les donne à son p'tit frére et y dit, "Vas porter ça à maison." En plein jour, mes amis! Sur le perron de l'église! Ça l'a pas énarvée pantoute. A juste continué à marcher drette dans l'église comme si rien avait arrivé. J'vous l'dis que les gens ont eu du fun avec ça. On rit de ça même aujourd'hui après dix-huit ans quand c'est arrivé. Ça, c'est l'histoire de Léonette, la mariée pas d'culottes.

Attendez, attendez. J'ai pas tout à faite fini. J'en ai une autre. Une vraie belle histoire d'amour. Ça m'donne toujours des frissons quand j'la conte. C'est ma belle-soeur, Malvina, qui m'l'a racontée. Malvina était belle femme avec des ch'feux châtains, les yeux clairs et un beau teint rose. Comme une fleur. Était vraiment belle. La plusse belle dans la famille des Brindamour. Fine itou, fine comme une mouche. Tout l'monde l'aimait, Malvina. A cuisait itou, des rôtis d'lard avec des patates brunes, du boeuf avec d'la sauce brune aux oignons, des bonnes tartes et des *cakes* ben frostés, et toutes sortes d'amarinades. A cousait ben, a faisait des beaux mouchoirs avec du *tatting*(a n'avait fait un pour sa fille quand a s'est mariée, un ben beau avec du *tatting* blanc et long comme d'la dentelle).Y'a pas rien qu'a faisait pas. Était smatte, Malvina. Moé, j'l'ai connue. Est morte jeune. Avait seulement quarante-trois ans quand est morte d'l'hydropsie. Était pleine d'eau. pauvre Malvina. Ben c'est elle qui m'a raconté c't'histoire que j'vas vous raconter. C'est une belle histoire. A va vous faire penser à votre jeunesse quand tout paraissait tout nouveau tout beau. La jeunesse aime ben c'qui est nouveau et beau. J'l'sais, j'ai passé par là.

Un jour, y'avait un jeune homme qui passait devant l'église paroissiale à tous les jours de la s'maine. Excepté le dimanche. Le dimanche, y'allait à la cathédrale pour la grand'messe du dimanche. Ça, c'était dans la ville de

Québec au tournant des années 1900. Y'aimait le chant que le choeur de chant chantait. C'était beau parce qu'ils chantaient fort. Y chantaient en latin pis en français. Des kyrie, des gloria, des amen, et des "O, Jésus, doux et humble de coeur" y'en sortaient de c't'église-là. Ça v'nait de tout partout juste pour entendre le chant du dimanche. Ça touchait l'coeur jusqu'à faire couler les larmes, tellement c'était beau. Du beau chant. Trèfle Magloire chantait si fort qu'on aurait dit les vitreaux d'l'église voulaient craquer. Y t'sortait ça des notes de musique. Y devait aller charcher ça dans l'fond de ses bottines tellement fort ça sortait. À toutes les dimanches en sortant de la cathédrale les gens disaient que c'est don' beau des chants avec des voix comme celle de Trèfle Magloire. Faut pas oublier, non plus, la très belle voix d'Annette Normand, y disaient. C'est deux-là, c'est du naturel. Un don de Dieu. C'est alors que l'homme jouissait de toute son coeur du chant du dimanche à la cathédrale. J'ai oublié de vous dire son nom, Alexandre Dumouchel.

Alexandre venait des coins presque oubliés du Québec où parsonne semble avoir existé. Y savait pas lui-même où c'était parce que parsonne ne lui avait expliqué. Toute c'qui savait c'était ben ben loin dans un des tout p'tits racoins du Québec en haut dans l'fin fond des bois. Y'avait pardu sa mére jeune. Son pére était bûcheron et y'avait charrié le p'tit garçon avec lui jusqu'à ce que l'pére tombe mort, un jour, dans l'bois. Le p'tit bonhomme toute seul sans parenté proche de lui. Ses amis, y'en avait ben peu, ont pris l'enfant, y'avait à peu près six ans, et y l'ont envoyé à une tante en Acadie. J'vous l'dit que le p'tit bonhomme était dépaysé. Y'était sans mére, sans pére et sans pays, son pays à lui dans l'fin fond des bois du Québec. Y'avait rien, absolument rien, pas une cenne noire. Toute c'qu'y avait c'était une musique à bouche que son pére y avait donnée un beau Noël. Y la charriait partout avec lui, sa musique à bouche. Avec le temps, y'avait appris à la jouer comme y faut. Ceusses qui l'entendaient jouer disaient que le p'tit Alexandre avait du talent pour la musique.

La tante d'Alexandre était une bonne parsonne qui vivait seule à Bouctouche. A faisait toute son butin à main et a cousait pour les autres. On disait qu'était modiste. Ben bonne avec le fil et l'aiguille. Ètait rendue jusqu'à coudre pour les boutiques qui vendaient les plus belles robes et les plus beaux chapeaux. A vivait assez ben, et le p'tit Alexandre était pas un fardeau pour elle. A l'aimait son p'tit neveu. Y'était devenu son trésor. Avait pas vu son frére, le bûcheron, depu's des années. Y'était parti avec sa femme pour aller défricher un coin de terre pour lui-même et sa jeune femme. A recevait, de temps en temps, une p'tite lettre de sa belle-soeur, la mére d'Alexandre, mais rien de son frére. Y'avait toujours été un coureur de bois, a s'disait. Un vrai sans coeur parce qu'y avait laissé sa parenté sans jamais r'tourner ni sans jamais envoyer un seul mot à sa mére qui était veuve. Il faut crère qu'est morte de peine, pensait Alexandrine. A s'appelait Alexandrine parce que la mére avait voulu faire appeler ses bessons comme ça, Alexandre et Alexandrine. Le pére d'Alexandre avait fait baptiser son fils comme lui, Alexandre. Mais la mére avait ajouté un deuxième nom, Gabriel d'après l'archange Gabriel à cause elle avait une dévotion spéciale à lui. Alors, le petit s'appelait Alexandre Gabriel Dumouchel.

Rendu à Bouctouche, le p'tit Alexandre s'faisait pas d'amis parce qu'y connaissait peu de gens qui avaient des enfants. Les voisins restaient loin de tante Alexandrine itou. Alors, le p'tit bonhomme pratiquait sa musique à toutes les jours. Toute seul. Y'en avait l'habitude parce que ç'avait été comme ça dans l'bois avec son pére. Le p'tit bonhomme grandissait, et chaque année la tante l'envoyait à l'école de la paroisse. C'est là qu'y avait rencontré la belle Ghislaine Montembeau. Avait treize ans comme lui et était belle comme une rose du printemps, on disait d'elle. Alexandre la trouvait de son goût. Y'avait pas d'autres amis parce que les autres garçons trouvaient qu'y était menette, lui et sa musique à bouche. Les autres p'tites filles voulaient pas s'approcher de lui parce qu'y était déjà attaché avec Ghislaine.

Ghislaine venait d'une famille québécoise transplantée en Acadie. Sa mére était acadienne mais son pére était québécois pure laine. Après avoir pardu son emploi à Québec, sa femme l'avait persuadé de se transplanter à Bouctouche, sa ville natale. Avait tant manqué l'Acadie, Madame Montembeau, Évangéline Montembeau. Allait se retremper dans sa propre culture, a disait à toute le monde qui voulait l'entendre parler de son Acadie. Alexandre l'aimait ben, Madame Montembeau parce qu'a s'faisait aimer par tout l'monde. Mais, Alexandre l'aimait parce qu'a aimait ben gros la musique et a l'encourageait à jouer sa musique à bouche. Plus tard, elle lui montrerait le violon, a lui avait promis. Ghislaine chantait. Avait une belle voix. Alexandre aimait l'entendre chanter avec sa mére. Toutes sortes de chansons surtout les chansons acadiennes comme "Évangéline" et "La pitoune." Le pére faisait la pêche et lui itou chantait ben. Alexandre se plaisait ben gros dans la compagnie des Montembeau. On crèyait ben qu'un jour Ghislaine et Alexandre formerait un beau couple et se marierait, c'était çartain. À treize ans les beaux rêves pis les doux espoirs d'un avenir rempli de succès sont ben vivants. Ghislaine comptait faire une coiffeuse dans un *beauty parlor* et Alexandre anticipait travailler dans une fact'rie où on fait des instruments de musique. Tout l'monde était content pour eux. Toute marchait ben. Alexandre était heureux et Ghislaine paraissait heureuse. Quel beau pays l'Acadie qui parmet à ses jeunes de grandir dans la joie et le bonheur!

Alexandre et Ghislaine grandissaient sans trop de p'tites miséres et d'accros, comme disent les gens. Rendus à seize ans, les deux enfants étaient p'us des enfants mais des grandettes, assez vieux pour connaître leurs idées à eux. Assez vieux pour savoir leurs goûts et choisir leur futur. Alexandre était tout à fait doux et y s'pliait aux désirs des autres. Y'en a qui l'app'lait bonasse. Quant à Ghislaine ètait un peu rétif et a aimait faire à sa tête ben souvent. Son pére l'appelait sa p'tite chèvre aux cornes pointues. Sa femme y disait que c'était pas beau de l'appeler comme ça, et qu'a finirait par grandir marquée. Le pére riait de ça.

Un jour d'automne quand les feuilles changent de couleur, Ghislaine tournait en rond tant elle avait le diable dans l'corps. Alexandre y demandait qu'ossé qu'avait et a l'a répondu, "Rien. Laisse-moé tranquille, toé pis tes questions tout l'temps." "J'te demande des questions parce que j't'aime." "Aime-moé pas trop. J'veux être libre de choisir qui j'veux." "Alors, tu veux p'us être avec moé?" "Non." Avec ça, a parti. Alexandre était désolé d'apprendre que Ghislaine ne voulait p'us de lui. Y'a essayé de savoir pourquoi a n'voulait p'us de lui et y'a appris qu'a sortait avec un jeune Angl'as du nom de Wakefield. Sa mére, qui était acadienne de bord en bord, pouvait pas avaler ça. A l'a essayé de la convaincre de pas sortir avec un gars qui était pas de sa culture. Un Angla's, par dessus l'marché. Mais, Ghislaine a continué de fréquenter c't'Angla's. Ètait en amour, avait dit la jeune fille. "Mais, qu'ossé qui va arriver à Alexandre qui, lui, t'aime dep'us longtemps?" "Et ben, qu'y s'trouve une autre fille," avait répondu Ghislaine le nez r'troussé en l'air. Alexandre a essayé de parler avec Ghislaine mais son ami angla's n'en voulait pas de lui, et y'a donné une poussée et Alexandre est tombé à terre humilié. Y se sentait bafoué par un Angl'as. Alexandre pouvait p'us vivre avec c'te désappointement, et y dit à sa vieille tante qu'y partirait tantôt loin de Ghislaine, loin de celle qui avait brisé son coeur. La tante souffrait dans son coeur pour son pauvre neveu, mais y faullait le laisser partir. Que voulez-vous? L'amour brisé, c'est un amour pardu.

Alexandre partit un beau lundi matin après avoir ramassé toute son butin. Y'en avait pas gros, et se dirigea pour le Québec. Où, y savait pas. Y irait où on l'accepterait lui et sa musique à bouche. Oui, y'avait encore le goût de la musique dans l'corps. Fort, itou. Après deux semaines de viroyage, Alexandre s'est r'trouvé dans un p'tit village près de Kamouraska. Beau pays, calme et invitant, y s'est dit. Là, y'était libre de jouer sa musique à bouche et flâner icitte et là. Y'allait à l'église Saint-André, de temps en temps, pour demander si y pouvait jouer d'la musique à bouche dans l'église avec le chant de choeur le dimanche. Y pourrait jouer de leur musique religieuse, y leur dit, mais on y'a refusé sa demande. Pas de musique à bouche dans une église, était la réponse. Pourquoi? Parce que ce s'rait un sacrilège. Un sacrilège? Oui, ce s'rait profaner la maison de Dieu, on lui dit. Alors, Alexandre tourna de bord et s'en alla un peu triste. On voulait pas de sa musique.

Le jeune homme part de Kamouraska et s'en va vers la ville de Québec. Y pensait que là y'aurait un meilleur accueil parce que c'était une plus grande ville et pis y'avait une cathédrale. La cathédrale Notre-Dame, et lui avait une dévotion à elle parce que c'était la seule mére qu'y connaissait depu's son enfance parce que sa vraie mére était morte lorsqu'y avait seulement deux ans. Était pas trop trop religieux mais y'avait appris à prier à la Sainte Vierge parce qu'y avait une femme qui y avait montré lorsqu'était souvent seul dans l'bois avec son pére. Y s'ennuyait souvent. A lui avait raconté l'histoire de Maria Chapdeleine et ses douze chapelets. Y s'rapp'lait pas si c'était douze ou dix ou huit mais, en tout cas, c'était plusieurs pour ram'ner son François Paradis des bois. Lui itou était un coureur de bois, lui avait dit la vieille.

Arrivé à Québec, y trouvait la ville ben grande, ben plus grande que les p'tits villages qu'y avait connus. Les gens y parlaient et y'étaient ben avenants avec lui. Y'avait touvé son chez eux. Toutes les dimanches y allait devant la cathédrale et pis y'allait juste au bord de la grande allée pour écouter la belle musique, surtout l'orgue. Y pensait que lui itou pourrait jouer de l'orgue si que'qu'un y montrerait. Pour l'instant, y'était satisfait avec sa musique à bouche. Après la grand'messe, y laissait le monde sortir et quand y s'trouvait toute seul dans l'église, y s'approchait de l'autel de la Vierge d'à côté, et pis y jouait sa musique à bouche devant la statue de la Sainte Vierge. Y sortait toujours avec un sourire sur ses lèvres content de lui-même et sa musique. C'est vrai itou qu'y jouait sa musique à bouche au bord des rues pour le monde, et y'en avait qui y donnaient des cennes, assez pour s'faire vivre. Y vivait ben ben pauvrement.

Un beau dimanche matin lorsque l'monde était sorti de la messe à la cathédrale, y commence à jouer sa musique à bouche devant la statue de Marie pis, tout d'un coup, y sent une grosse main sur son épaule gauche. C'était un gros homme avec l'air un peu marabout. L'homme y dit qu'y peut pas faire ça dans la cathédrale, et que c'était interdit. C'est le mot que l'homme usa. Pourquoi pas? Parce que. Parce que quoi? Parce que l'évêque l'interdit. Y d'mande à l'homme si y pouvait parler à l'évêque pour y demander sa permission. Absolument pas. Pourquoi? Parce que l'évêque est trop haut placé pour un jeune homme des rues avec une musique à bouche. L'homme a pris Alexandre par le collet et le charria dehors, et y lui dit de jamais revenir à la cathédrale. Alexandre sentit qu'on

en voulait pas de lui même si c'était pour plaire à la Vierge.
Y'é jamais r'tourné après ça. Pourquoi? Pour s'faire dire
qu'y était pas voulu? On s'fait dire ça ainqu'une fois. Parce
qu'Alexandre pouvait pas jouer dans la cathédrale, y s'est
mis à jouer dehors de la cathédrale, pas trop fort pour
ennuyer les gens, mais juste assez pour s'faire entende de
la Mére de Dieu qui entend toute et partout. Voilà tu pas
qu'un policier vient lui défendre de jouer sa musique aux
alentours de la cathédrale. Parce qui est une menace à la
paix des gens. Mais le jeune homme bâdrait pas parsonne.
Une vieille, d'à peu près quatre-vingt ans, est v'nue à sa
défense et a dit au policier qu'a connaissait le jeune vicaire,
et qu'a l'amènerait pour défendre le jeune homme avec sa
musique. Le policier y d'manda qui elle était pour faire
ça. A dit "Chus la mére de l'évêque." Le policier est parti
sans rien dire. Toutes les dimanches après, Alexandre
jouait sa musique à bouche devant la statue de la Vierge
jusqu'à ce qu'y tombe malade d'une pleurisie. Y'é mort
pas longtemps après. La vieille dame l'a fait enterré dans
son lot à elle. Elle s'appelait Madame Roy. Aujourd'hui,
on dit que si vous allez au cimetière près de la cathédrale
vous verrez une p'tite plaque avec le nom d'Alexandre
Dumouchel, musicien de la cathédrale. Pas loin où sont
enterrés les évêques de Québec dans la cathédrale. Le p'tit
bonhomme des fins fonds des bois a r'trouvé sa place dans
la ville où même les plusses simples de coeur peuvent v'nir
jouer leur musique. Quant à Madame Roy, est morte le
coeur joyeux d'avoir aidé Alexandre, Alexandre le joueur
de musique à bouche.

Est pas belle c't'histoire-là, vous pensez? Moé, j'la
trouve ben ben belle assez pour nous donner l'frisson.

J'sais pas pour vous autres mais moé ça m'donne des frissons jusque dans l'dos tellement c'est une belle histoire. J'aime ben la raconter. Comme mon nom, j'dis qu'y a dedans un brin d'amour. Mon mari m'dit que j'rêve les pieds dans soupe. Mieux vaut rêver que d'avoir toujours la baboune et la larme aux yeux. Faut rire de temps en temps, et faut aussi sentir que'qu'chose dans l'coeur. Ça ramène le coeur quand y'é bas.

Ben, ma femme, la voilà encore dans ses bleus. A pense tout l'temps que les autres rient d'elle pis ses histoires, ou ben qu'y ont pas d'coeur pour les belles histoires. Belles ou pas belles, les histoires sont des histoires. Les miennes sont pas toujours belles, mais j'aime les raconter pour amuser le monde. C'est toute. Les histoires, ça fait penser au passé qu'on a vécu, un passé qu'on devrait pas oublier excepté les miséres pis les peines. Moé, chus pas sentimental, mais j'ai du coeur. Ma femme le sait mais a l'dit pas tout l'temps. A aime à garder ces choses-là en-d'dans. A l'aime ben parler, ma femme, mais a dit pas toute c'qu'a pense. J'la connais. Une ben bonne raconteuse, ma femme, oui, une ben ben bonne raconteuse. J'y dis pas parce qu'a s'en vant'rait. Un brin d'amour, ma femme, un vrai brin d'amour. Avec les brins on fait toute un collier.

"Hé, Ti-Gus, chante-nous don' une p'tite chanson." Ti-Gus est mon chum du club. On boué ensemble et on rit ensemble. On s'fait du fun. "Voyons, Ti-Gus, fais pas ton gêné. T'é certainement pas gêné avec nous autres les gars du club. Voyons, Tabarnouche, chante."

"Prendre un p'tit coup, c'est agréable. Prendre un p'tit coup c'est doux. Prendre un p'tit coup avec le Brin D'amourable, ça rend l'esprit riable. Prendre un p'tit coup c'est tout." Ha! Ha! Ha! C'est des folleries, c'est toute." "J'te r'marcie en maudit, mon chum." Ti-Gus est un ben bon chanteux quand y veut, mais y veut pas toujours. Excusez-la!

Voilà les contes, les histoires et les p'tites folleries des Brindamour. J'espère que vous les avez bien savourés et digérés, car il y en a d'autres à venir.

Hey! J'ai pas fini. Chus Ti-Nase et j'veux pas vous laisser sans vous en conter une autre. Est pas grivoise. Juste un peu risquée, comme dirait ma femme. Et ben, un jour Monsieur l'curé Bonsaint faisait sa visite de paroisse comme y la faisait chaque année. Monsieur l'curé aimait ben les p'tites histoires, et y'en racontait lui itou. Des fois des plusse que risquée, mais toujours sans grivoiserie. Y'aimait rire, Monsieur l'curé. Y'était pas scrupuleux, mais y faisait attention lorsque ça v'nait aux parties du corps de la femme. Après toute, y faullait qui montre le bon exemple à ses brebis. C'est comme ça que le disait Mademoiselle la scrupuleuse, Edwina Lasanté. Pauvre elle, était-tu scrupuleuse! Scrupuleuse assez pour faire enrager ceusses qui aiment pas se faire dire qui parlent mal et qui vont aller en enfer ou au purgatouére pour avoir scandaliser les autres.

Assez de ça. Monsieur l'curé Bonsaint tout en faisant sa visite de paroisse arrive à la maison de la Dudevoir, grosse femme ben plantée mais atriquée comme une Marie-quat'e-poches qui aimait parler, et y commence à y demander des questions à propos de sa famille. Après avoir donné son offrande pour le chauffage de la paroisse, la femme demande au curé si y voulait du thé. Comme c'était déjà le milieu de l'après-midi et l'curé commançait à sentir sa fatique, y lui dit, "Oui." A y varse du thé chaud et demande si y voulait du sucre. Y'a dit qu'y en voulait. A sort de son corsage deux paquets de sucre. Ensuite, a y d'mande si y voulait du lait. Y dit tout'd'suite, "Non, non, non." Ha! Ha! Ha! La pognez-vous la p'tite histoire? Est ben drôle. L'curé pensait ben que c'était pas du lait d'vache mais du lait d'femme. En tout cas, ça fait rire ceusses qui pogne ça.

"Couche-la don', Ti-Nase, tu l'as racontée si souvent c't'histoire-là qu'a devient platte après un temps." "Ma femme, mes histoires sont pas plattes. C'est ceusses-là qui les entendent qui sont plattes avec leur façon de vouère les choses." " En tout cas, c'est l'temps de s'en aller pis laisser l'monde tranquille une fois pour toute. Dis leur aurevoir." "Bye, les gens du canton. Allez-vous-en pas. J'en ai d'autres dans ma poche." "C'est fini, Ti-Nase. C'est fini une fois pour toute." "Oui, bye, bye. À la prochaine, gens du pays, à la prochaine.

GLOSSAIRE

(Le glossaire est effectué par l'ordre des pages, de la première jusqu'à la dernière).

1. chus...je suis

2. un nom pour coucher dehors.................un nom drôle, bizarre

3. qués'ment...quasiment

4. s'flanquer...se mettre

5. slow...(anglais) lent

6. sans-dessein...imbécile

7. r'noter...rabâcher

8. fantasse...effronté

9. moulin..filature

10. r'taper...ressemeler

11. crève-faim...crève-la-faim

12. asteure...à cette heure

13. landrie..buandrie

14. tight...(anglais) serré

15. bourlat.............................(peut-être de bourrelet), épaisseur de graisse

16. *farmer*.....................................(anglais) fermier

17. *store*.....................................(anglais) magasin

18. *high-water pants*.....................(anglais) pantalon écourté

19. sacoche.....................................sac à main

20. son ordinaire............................le ménage de semaine

21. pas fin.....................................pas gentil

22. flaquer.....................................flanquer

23. Roger-bon-temps.......................un type sans ennuis,
                                      sans préoccupations

24. *railroad watch*..................(anglais) montre de cheminot

25. biére ferrée............................bière dans laquelle on a
                                      mis un tison rouge

26. tuse.....................................tue

27. tourquiéres.............tourtières, pâté de viande de porc

28. tête de fromage...........................fromage de cochon

29. butin.....................................vêtement

30. échauffée................peau rendue rouge par la chaleur

31. *west side*.........................(anglais) le côté ouest

32. garlots.....................................testicules

33. la poche.....................................testicules

34. chialaient.....................................rechignaient

35. *shoe shop*.................(anglais) manufacture à chaussures

36. grosse torche............................grosse femme(insulte)

37. cor de patates........................baril de pommes de terre

38. toquée...un peu déséquilibrée

39. boss de bécosse.................prendre des airs d'autorité

40. itou...aussi

41. prendre de travers................autrement que les autres, ne pas comprendre bien

42. en tignasse..cheveux mêlés

43. tétons...seins

44. charriés..faire décamper

45. gnochonne...niaise

46. têtes de cochons...entêtés

47. pantoute...pas du tout

48. *tough*..(anglais) dur, difficile

49. têtes de pioches..............................entêtés, comprend difficilement (souvent appliqué aux Irlandais)

50. r'notage..rabâchage

51. défrichage...déchifrage

52. placotage...commérage

53. mouver.......................(de l'anglais, *to move*); déménager

54. déplaceux................................qui aiment à se déplacer

55. écrapoutsir..écraser

56. chaise bourrée...fauteuil

57. viraillé................................se tourner à tout moment

58. frémilles..fourmis

59. lâché l'école..quitté

60. capuches..................................soeurs de la Présentation de Marie qui portaient genre de bonnet plutôt qu'un voile

61. aller *back*.....................................retourner en arrière

62. épingle à *spring*.....................................épingle de sûreté

63. commissions..emplettes

64. smatte................(de l'anglais *smart*); intelligent, habile

65. comme défaite..en effet

66. lâche..paresseux

67. toèles..stores

68. beau fouette.............................nom pour quelqu'un qui dépasse les normes de la civilité

69. *shift*..(anglais) relève

70. guénilles..chiffons

71. dompe............................(de l'anglais, *dump*); dépotoir

72. fittait................(de l'anglais, *to fit*); convenir, aller bien

73. ép'as...imbécile

74. fancés..............................(de l'anglais, *fancy*); élégants

75. *cake*..(anglais) gâteau

76. *frosting*.......................................(anglais) glaçage

77. *top*...(anglais) le haut

78. *honeymoon*..........................(anglais) lune de miel

79. escousse..secousse

80. machine.......................................voiture, automobile

81. gaz...essence

82. loyer..logement loué

83. s'en sauver...épargner

84. belle façon...................................être d'une gentillesse
                                            intéressée à l'égard
                                            de quelqu'un

85. malle.........................(de l'anglais *mail*); poste, courrier

86. *junk*..(anglais) rebuts

87. postillon...facteur

88. *jewelry*...............................(anglais) articles de joaillerie

89. pend'oreilles.....................................boucles d'oreilles

90. pendants...................................pendantifs, colliers

91. fier-pet.....................................prétentieux, orgueilleux

92. *dolly up*.........(anglais) bien attriquée(se dit des femmes)

93. seye..soit

94. en câline...en colère

95. fait virer les pieds.....................fait changer d'attitude;
être déçu

96. mautadite............................adoucissement de maudit

97. mémoire de chien..............................bonne mémoire

98. s'é quatre roulettes...........................marcher très bien

99. partés..................................(de l'anglais, *parties)*; parties

100. platte...ennuyant

101. en verrat....................................(superlatif) beaucoup

102. fiable...digne de confiance

103.tomber à l'eau..........................délaisser, abandonner

104. abrier..couvrir

105. baboune........................(de l'anglais, *baboon)*; bouder

106. écornifleuse................................personne qui cherche
à voir ce qui se passe
chez les autres

107. *business*..............................(anglais) les affaires

108. abriage..................................cacher quelque chose

109. rangs............................au Québec rural, les lopins de terre voisins et aboutissant à une même ligne où se trouve généralement un chemin de front qui s'identifie par un numéro(Léandre Bergeron, "Dictionnaire de la langue québécoise").

110. animals......................nos ancêtres utilisaient souvent le "s" plutôt que le "--aux"(Il se peut fort bien que nos ancêtres, surtout les Acadiens qui arrivèrent les premiers en Nouvelle-France, aient continué à utiliser "animals" dans la langue orale plutôt que suivre les dictées grammaticales d'un Vaugelas et des autres puristes qu'ils ne connaissaient pas en terre nouvelle et loin de la mère patrie).

111. cochonnerie...............................saleté, rien de valeur

112. sacres...jurons

113. men'oncle.....................................mon oncle

114. s'faire pogner.............................se faire prendre

115. domme......................(d'après l'anglais, *dumb*) stupide

116. ment'rie..mensonge

117. tannant..turbulent

118. trustait..........(de l'anglais, *to trust*) avait confiance en

119. amourachée......................................tombée en amour

120. grouiller sa carcasse.....................se mouvoir le corps

121. p'tit coup...................un petit verre de boisson forte

122. saloune...........................(de l'anglais, *saloon*) taverne

123. guizoute..jeu de cartes

124. Charlemagne..jeu de cartes

125. pictou.......................(de l'anglais, *pick two*), jeu de cartes

126. beaux mouennes.................(probablement de moineau);
personnes désagréables

127. *pennant*............................(anglais) fanion pour désigner
un championat au baseball

128. cogner..frapper

129. rabrié..couvert, caché

130. rider........................(de l'anglais, *to ride*) aller en voiture

131. restants...restes

132. prendre une marche...................faire une promenade

133. lousse.........................(d'après l'anglais, *loose*) pas serré

134. japper.....................................aboyer comme un chien

135. graffigner.....................................égratigner

136. cliné.....................................(de l'anglais, *cleaned*) nettoyé

137. vieille fille.....................................dame célibataire

138. mouillait.....................................pleuvait

139. *baby shower*.........(anglais)partie pour la venue d'un bébé

140. *bridal shower*..........(anglais)partie pour la future mariée

141. partance.....................................un commencement

142. *plain*.....................................(de l'anglais), ordinaire

143. bedon.....................................ventre

144. pies.....................................personnes qui parlent trop

145. cavalier.....................................prétendant

146. actait.....................................agissait

147. fun.....................................(de l'anglais), plaisir

148. en famille.....................................enceinte

149. graine.....................................pénis

150. tourne les choses de bord..............change les choses

151. figé.....................................gêné, intimidé

152. globes.....................................ampoules

153. filé.....................................senti

154. *chum*.......................................(anglais), ami

155. folleries...folies

156. flâser.........................broder avec de la flâse

157. *tape recorder*..................(anglais), magnétophone

158.*high school*...........................(anglais), école secondaire

159. faire du boudin...................................bouder

160. une crotte sur l'coeur..............avoir du ressentiment

161. *Genoa*..................................(anglais), Gênes

161. mals...maux

162. à pic...escarpé

163. r'tient ben.............peut retenir son urine facilement.

164. en masse.....................................beaucoup

165.terres...fermes

166. qu'ossé..quoi

167. consentante...............................qui consente

168. frette..froid

169. du train..bruit

170. chien culotte..................................peureux

171. filés...ressentis

172. *wise*..................................(anglais), prudent

173. tanner...ennuyer

174. baloune de béloné........(ballon); genre d'interjection

175. *fudge*.....................................(anglais), sucre à la crème

176. tarte à farlouche...à la mélasse

177. ketchup vert.................marinade aux tomates vertes

178. canuck.......................nom désagréable qu'on donnait
aux Canadiens français pour les
dénommer arriérés et gauches

179. *waves*.....................(anglais), coches dans les cheveux

180. r'nipper............................niper, vêtir convenablement

181. s'bâdrait..se charger de

182. dodichait...caressait

183. *boyfriend*...(anglais), ami

184. bette..betterave

185. toune....................(de l'anglais, *tune*), un air de chanson

186. shoot'rait..............(de l'anglais, *shoot*), fusillerait, tuerait

187. gambling.......................(de l'anglais), jeu de hasard

188. histoires cochonnes......................histoires grivoises

189. jos...seins

190. grand faluette..fluet

191. saprée..(interjection)

192. s'braquer...se poster

193. patapouffe.............................grosse personne

194. calvenusse.....................forme adoucie de calvaire

195. en calvaire...en colère

196. aconnaître.............................présenter à quelqu'un

197. pas la sentir.............................ne peut pas la tolérer

198. marabout..............................grincheux, peu endurant

199. ordre...commande

200. étamper...assommer

201. drette...droite

202. tablette..douée de gros seins

203. landé............................(de l'anglais, *to land*) tombé

204. dure à cuire.............................difficile à comprendre

205. *my eye*...(anglais), mon oeil

206. ravigotant...remis en force

207. moé-tou..moi aussi

208. ramancheur.....................qui remet en vigueur les os

209. *shop*...(anglais), atelier

210. boucane...fumée

211. â'be...arbre

212. watché.....................(de l'anglais), *watched*, observé

213. jaser..parler

214. brunante...........................tombée de la nuit

215. piler........................(de l'anglais, *to pile*) empiler

216. *cheap*...............................(anglais), pas cher

217. shinait......................(de l'anglais, *to shine*) luisait

218. pesante..lourde

219. crés...crois

220. pognera...attrapera

221. sans-dessein....................................imbécile

222. musique à bouche..........................harmonica

223. fou braque....................absolument détraqué

224. cogne..frappe

225. calotte...casquette

226. victrola.......................genre de tourne-disques

227. crie...va chercher

228.s'troussaient les épaules...........haussaient les épaules

229. défrich'ter la famille....................déchiffrer la famille

230. c'est d'valeur............................dommage, regrettable

231. babiné.....................................parlé longtemps

232. moqué...moitié

233. tradait.....................(de l'anglais, *to trade*) fréquentait un certain magasin

234. y'en arrache................éprouve beaucoup de difficultés

235. P'tits Canadas..........................endroits en Nouvelle-Anglettere où étaient regroupés les Canadiens français immigrés

236. à plein...en abondance

237. *shape*..(anglais), taille

238. ben balancé...équilibré

239. achalant'rie.......................................ennui, embarras

240. twisté...............................(de l'anglais, *twisted*) tordu

241. volée s'é fesses............................battu sur les fesses

242. nèyé..noyé

243. fricot........................mets acadien avec patates et sauce

244. râpure.....................mets acadien fait de patates râpées

245. *boat*...(anglais), bateau

246. runnait............................(de l'anglais, *to run*), courait

247. calé..sombré

248. peteu..pénis

249. tasse-toé..recule-toi

250. *bunch*..............................une quantité de quelque chose

251. cline..............................(de l'anglais, *clean*) nettoie

252. décrotte..............................nettoie à fond

253. se désâme..............................s'épuise

254. weaveuse..................(de l'anglais, *weaver*), tisserande

255. paniers parcés..............................qui parlent trop et racontent tout ce que les personnes disent

256. accréyé..............................interjection de surprise

257. ben affilé..............................prêt à faire que ce soit

258. garroches..............................lances

259. potée..............................grande quantité

260. faisait de la broue............se vantait, parlait beaucoup

261. *top*......................(anglais), sommet, la plus haute partie

262. chunée..............................cheminée

263. shaker..................(de l'anglais, *to shake*), trembler

264. brassiére..............................soutien-gorge

265. une slip..............................(de l'anglais), jupon

266. *tatting*..............(anglais) genre de dentelle faite à la main

267. menette............homme qui a des manières féminines

268. *beauty parlor*...........................(anglais), salon de beauté

269. avenante................prévenante, a de bonnes manières

270. collet..col

271. atriquée............................mal habillée, mal arrangée

272. la pognez-vous.............................la comprenez-vous

273. ben plantée...............................solide sur ses pieds

274. Marie-quat'e-poches......................femme sans ordre

275. canton..............................région; étendue de terrain équivalant au *township* britannique.